放棹吴淞江

从东太湖到黄浦江

陈益 著

上海人民出版社

这是一部糅合了历史、经济、水利、民俗、文学等要素的文化散文。

吴淞江，古称松江、吴江、松陵江、笠泽江。出东太湖瓜泾口，迤逦由西向东，流经吴江、苏州、昆山、嘉定、青浦。进上海市区后人们称之为苏州河，又汇向黄浦江，经吴淞口入海。

自古以来，吴淞江沿岸的经济和文化发展，是由西向东推进的。上海开埠后，都市化进程却是在东端肇始，一路向西延伸开去。

20 世纪 80 年代以后，上海更是抓住良好机遇，率先发展。作为长江三角洲经济建设和社会发展当之无愧的龙头，吴淞江两岸自东而西，无不受到浦东开发开放和上海自由贸易区的辐射，成为全国乃至全世界最引人瞩目的地区。

犹如滔滔江水，吴淞江也蕴涵着交集融汇、博采众长的文化寓意。当我们乘坐历史的舟楫，放棹而行，在吴淞江所看到的风景，何其令人迷醉，又何其耐人寻味……

——**题记**

目录

contents

浦 江 源

那次，因参加上海市政协召开的一个会议，我住进了外白渡桥北堍的浦江饭店。

饭店真的是很古老，1846 年由一个名叫礼查的英国人（也有说国籍不详）建造，至今已有 170 多年历史。作为上海开埠以来首家由西商创办的饭店，礼查饭店是当时上海乃至全中国最豪华、最著名的饭店之一。据说它原先并不在这里，后来搬到外白渡桥的北堍，又经过重修。饭店内的陈设具有维多利亚时代雍容华贵的气派，其中有一个举行礼仪活动的孔雀厅，布置得金碧辉煌，似乎在《包法利夫人》之类的小说里才有类似场景。

如今这里早已不叫礼查饭店，但依然开设了礼查餐厅和礼查酒吧，楼梯边的墙上，悬挂着 20 世纪二三十年代美国好莱坞影星的照片，以吸引那些怀旧意识很浓的老外们。我看到一位俄罗斯小伙子在服务台的公用电话边上，不知和谁津津有味地讲了半天话。这家老式饭店，房间宽敞得惊人，毕竟设施太陈旧，让人想起颇具绅士派头的“老克勒”，不是以服饰，而是靠内在的气质将人吸引。经理不无自豪地介绍说当年它曾经接待过访华的爱因斯坦、卓别林等名人，还为慈禧太后六十大寿举行过隆重的祝寿仪式。

它和俄罗斯驻沪总领事馆遥遥相对，占据着绝佳的地理位置。只须跨过几步，即是外白渡桥。桥的对岸，是最能体现上海风情的外滩。“万国建筑博览会”式的诸多欧式楼宇，与耸立在陆家嘴的东方明珠、新上海国际大厦、上海环球金融中心、汇亚大厦、中建大厦、金茂大厦等标志性新建筑交相辉映。

在礼查饭店创办时的那个冬天，有人站在它的楼顶拍摄了一张黄浦江两岸的雪景，稀稀朗朗的房屋，枝叶脱落的树木，空荡荡的街巷，用“荒凉”二字来描写丝毫也不过分。今天的人们无法想象此情此景。这座崭新的巴洛克式建筑，外面是低矮的篱笆，一个身穿破棉袄的黄包车夫，只顾低着头匆匆拉客。那时的黑白片现今早已泛黄，模糊一片。

傍晚，我走出饭店，信步游览，很快到了苏州河与黄浦江的交汇处。人民英雄纪念碑高高矗立于苏州河河口处——苏州河正是从这里汇入黄浦江的。

黄浦江（油画）

这里，被称作“外滩源”。

苏州河的上游即是吴淞江。吴淞江，古称松江、吴江、松陵江、笠泽江，因为它的流域在古代吴国境内，所以称作吴淞江。吴淞江的源，在东太湖瓜泾口，由西向东，流经吴江、苏州、昆山、嘉定、青浦，进入上海市区，全长125千米。明代“黄浦夺淞”后，吴淞江成为黄浦的支流。由于黄浦江汇入长江处，曾是吴淞江入海口，始终被称作吴淞口 。

吴淞江以北新泾为界，北新泾以东为下游，进入上海市区后，称之苏州河。

每一个名字都不会平白无故地产生。当年，洋人们常常乘船在吴淞江上来往于苏州和上海，因此将它称作“通往苏州的吴淞江”（Soochow Creek）。1848年，上海道台与英国驻沪领事在签订扩大英租界的协议时，甚至正式把“吴淞江”写作了“苏州河”。天长日久，相沿成习，“吴淞江”反倒逐渐地从人们记忆中淡出了。

而上海人愿意接受这个称呼，不仅因为吴淞江是从苏州流过来的，也蕴含了文化的移植与接纳。苏州自宋、元、明时代以来，“风物雄丽为东南冠”，曾经很让上海人羡慕。

有学者说，吴淞江最初发源地，其实在古太湖的三江口，位于今苏州东南30里一带。那时的吴淞江，江面开阔，白浪滔天。在唐代以前，南自今吴江区菀坪镇一带的浪打穿（古地名），北至瓜泾口的太湖水域，都是古松江上源，是太湖主要的下泄水道。唐代，为了便利交通，人们在松江源口修筑了一条吴江塘路，使江流有所减弱。据《松江旧志》记载，当时河口宽达20里。宋庆历二年（公元1042年），又在苏州与吴江平望之间修筑了松江长堤，横截江流。庆历八年所建造的吴江垂虹桥，为吴淞江第一要道口，素来以“江南第一长桥”闻名遐迩。只要读一读桥联“八十丈虹晴卧影，万千年浪直冲湖”，就能感受到此间的不凡气势。到了明代，太湖洞庭东山缺口逐渐淤塞，形成了狭长淤浅的东太湖。此后，吴淞江进水口渐渐北移，瓜泾口终成吴淞江源头，泄水量也明显减少。

浩荡东流的吴淞江，不仅仅是太湖三条泄水通道之一，不仅仅是黄浦江的重要源头。它的855平方千米总流域面积，始终是中国经济最发达、城乡建设最繁荣、文化积淀最丰厚的区域。它承载着锦绣江南数千年的变迁史，也隐藏着上海的身世之谜。

在快节奏的现代生活中，很少有人放下电脑和手机，去关注古往今来默默流淌的江水。这未免令人遗憾。

在遥远的古史中，有这样的情景：尧帝站在一个山头上，向他的大臣四岳询问，该让谁负责治水，四岳推荐了鲧。尧认为不妥，因为鲧很不安分，还会危害同族，难以担当治水的重任。四岳却说他知道的鲧跟别人说的不一样，可以让鲧去试试。彼时，尧的面前是一片汪洋。汹涌而至的洪水，淹没了土地、房屋和丘陵，也卷走了禽兽。人们被迫扶老携幼迁往高处的山岭，采集树林里的野果充饥。

尧帝皱着双眉，忧心忡忡地注视着这一切。在滔天的洪水前，人的力量显得何其单薄，何其软弱！

鲧终于有机会接受了治水的使命。大难当前，他不入地狱，谁入地狱？然而，他千方百计地移山填土，试图用壅塞的办法，与洪水决斗，没想到洪水势不可挡，好不容易筑成的堤坝，顷刻间就被冲垮了。鲧只能无奈地接受失败的命运……

其实，在尧帝之前的很多年，今天长江中下游一带，便常常为海水所浸漫，早已是一片泽国。地理学家们说，在新构造运动中，处在强烈的新构造振荡性下陷地区的江南古陆，大幅度下沉，地表不断为河流、湖泊和海洋的沉积物所覆盖。在距今200万—300万年时，仍处在陆相沉积环境中。第四纪更新世以来曾发生过三次严重海浸。最后一次海浸，距今约13000—16500年，这使今天的太湖平原成了一片汪洋大海，直到第四纪全新世以后，才随着海水退去而逐步形成陆地。

岁月漫漫，在地球艰辛的转动中，长江南岸反曲砂嘴与钱塘江北岸砂嘴汇合包围，渐渐形成了一个巨大的四周高中间低的碟形洼地。又经过很长的时间，洼地脱离海湾环境而形成潟湖。此后，潟湖逐渐淤积，形成浅洼平原，湖群慢慢封淤，变成了沼泽。

时序到了新石器时代晚期。

尧帝已经将最高权力禅让给了舜帝。禹继承父亲鲧的事业，站在了治水的前沿。不过，聪慧的他没有采用父辈的老办法，而是变壅塞为疏导，终于取得了成功。

夏禹治水，凿江排涝，太湖流域始有“三江既入，震泽底定”的局面。震泽，是太湖的古名；三江，是指太湖进入东海的三条主要泄水通道——吴淞江、娄江和东江。

从太湖流域古文化遗址出土的大量石器、陶器、玉器、动物遗骸、植物炭化种子以及汉代、宋代的水井等文物，我们不难在考察的基础上加以想象，从新石器时代晚期至春秋、战国时代，又至汉、宋时代，这一带洪涝灾害频繁发生，部分陆地下沉为湖，又经历了升而复降的几个阶段，终于由草甸土壤环境，演变为水乡泽国。

这正是江南水乡形成的过程。

水给太湖流域带来了灾害，也造就了太湖流域的丰沃。

在漫长的岁月中，水衍化为江南泽国的灵魂。它使广袤无垠的大地海涵春育，生机盎然，杂花生树，群莺乱飞。

当海水渐渐退去，地表不断露出，形成了局部封闭洼地。六七千年前，我们的先民就开始在地势比较高的区域，垦荒种植水稻。显然，适宜生长在潮湿洼地乃至沼泽之中的水稻，最初是野生的。先民们发现了它顽强的生命力和喜水的生存特点，开始在水边的土地上垦荒，将它人工种植。他们用的是火耕水耨的方法，先是把生长得很茂盛的荒草杂树烧掉，以石犁、石刀为工具，耕翻土地。灌溉则是依靠自流井或天然池塘。耕作的土地用过一年后，会将它撂荒，休而不耕，以此恢复地力。

《礼记·月令》篇中，有“烧薙行水，利以杀草；如以热汤，可以粪田畴，可以美土疆”的句子。它所描述的，正是人们“火耕水耨”——在放火烧荒之后，引水灌田的情况。大禹治水时，“尽力乎沟恤”，说明我们的先人已经从水流的规律中得到启发，发明并且掌握拉沟渠的灌溉技术。《诗经》也中有“滮池北流，浸彼稻田”的句子，意味着那时已经有了人工开挖的浅水塘，为稻田提供水源。原始的水利灌溉系统达到了一定的水平。

水稻的人工种植，加速了江南水乡史前文明的萌发。

从大禹凿江排涝开始，人们就不断地与洪涝灾害进行不倦的斗争。唐、宋时代，人们对水利建设有所重视，千方百计疏浚河道，筑堤围田，减轻洪涝水患。到了明、清时代，兴修水利，抬高田身，更是为统治者们所看重。“凡圩岸皆如长堤，植榆柳成行，望之如画”，“江南三月草长，则刈以踏稻田，岁岁如此，地力常盛。”在古籍中常常可以看到这样的词句。这清楚地说明，我们的先人早就懂得如何通过治水降潜，因土种植，合理轮作，增施肥料等措施，调节土壤中水、肥、气、热的诸多要素，以保持农业生态系统的平衡。

江南水乡今天仍盛行的稻麦轮作制，是在漫长的历史进程中，经过治水改土，逐步形成的。从野生水稻到人工种植水稻，先民足足探索了上千年。圩田的建设和水稻一熟制的方式，自汉代开始，经过六朝，到唐代才逐步形成。而稻麦二熟制则起始于唐代中叶，随着水利建设的发展，引种了三麦，到宋代才得以稳固。此后，又经历了上千年的探索和发展，才日趋成熟。

太湖的三条泄水通道——吴淞江、娄江、东江，在吴越时，泄水以吴淞江为主。当时的吴淞江比较宽广，泄水较为通畅。东北方面，有娄江排泄太湖水入海。但到唐代时，娄江淤塞严重。唐末天祐元年（公元 904 年），浚治新洋江（今青阳港），兼浚横塘，通小虞浦。新洋江开浚后，吴淞江以北的积潦，可以北出长江口，或向南排入吴淞江。太湖东南的东江，在吴越时也已湮塞，由小官浦等分泄吴淞江部分洪水入海。天祐十二年，开浚淀泖上游的急水港；吴越宝正二年（公元 927 年），又疏浚柘湖及新泾塘，由小官浦入海。

松江地处长江与杭州湾的南北合力作用之中，太湖与东海的潮汐夹攻之下，山川沉浮，沧海桑田，因而变化最为剧烈。唐代末期，松江逐年淤浅，五代时期已有潦浅军治理松江的记载。北宋初期，松江下游地区形成‘五里七里一纵浦，七里十里一横塘’的网格化河道系统，其中南岸即有‘十八浦’，包括赵屯浦、顾会浦、上海浦、下海浦等。淀山湖成为方圆二百余里的大湖，湖水通过赵屯浦、大盈浦等河道北流松江。北宋宝元元年（公元 1038 年），叶清臣开凿盘龙汇，取直松江河道，减少水患……①

北宋时期，由于结束了五代十国的分裂割据局面，社会生产发展较快。当时，围绕水利与航运、水利与围垦、蓄水与排水、挡潮与排涝等矛盾，展开了一场长期的讨论和争论。很多学者和有识之士，提出了不少治水的方略和理论，引起了各方重视，乃至影响后世。

① 陆海平主编：《中国江河——上海篇》，上海人民美术出版社 2000 年版。

直到今天，学术争论仍然在继续。

有一种观点，认为太湖平原在缓慢下沉，唐宋之际尤为显著。"东太湖—澄湖—淀山湖，包括吴江全县及吴县、昆山两县的周（庄）、陈（墓）、角（直）水网地区，似乎是一个沉降的中心。"20世纪70年代，澄湖、淀山湖等处在围湖造田时发现唐宋水井和陶器等文物，就完全可以印证这种说法。另一种观点，则认为沉降并不是主要原因，而是海平面上升了。洪涝水停积在低洼地区，促使澄湖、淀山湖等湖面扩大，还形成了大量的瀼、荡。

从北宋大观元年（公元1107年）至南宋乾道六年（公元1170年），63年间共发生了七次大的水灾。特别是南宋隆兴二年（公元1164年）发生的那一次，洪水之大，冲击力之猛，波及范围之广，是有史以来罕见的。水灾殃及镇江、建康、宁国府、广德、寿春和湖庐等广大地区。

有鉴于此，不得不多次进行水利治理，宋代对吴淞江就进行过两次较大的裁变工程，改直了盘龙汇、白鹤汇。盘龙汇介于华亭、昆山之间，直线距离才10里，但是河道迂曲长40里。景祐年间范仲淹治水时，就提出要开直盘龙汇，然而未能实现。宝元元年（公元1038年），两浙转运使叶清臣在盘龙汇北开挖新江，裁弯取直。嘉祐六年（公元1061年），两浙转运使李复圭和昆山知县韩正彦又取直了白鹤汇。这样做，才使吴淞江壅塞的情况有了明显改善。

宋代还修建了至和塘（即昆山塘），并疏浚三十六浦。苏州与昆山之间相距60里，历来多浅水沼泽，无陆上通途，很为不便。唐代时曾准备筑塘，因四处都是泽国，无处取土，一直未能营作。宋至和二年（公元1055年），开始修至和塘，但仅仅挖成了水道。嘉祐年间，采用桩木竹席为墙，漉除水中淤泥的办法修筑塘堤，到嘉祐六年塘堤全部完成。由于是在至和年间动工修筑的，所以改名为“至和塘”。中国水利史上的这个重要案例，被沈括载入了他的《梦溪笔谈》卷十三。

重筑至和塘，取得了理想的成效。娄江水流畅泄，船只通达，行人称便，两岸田畴丰收，商贾云集，市场繁荣。直到清道光十五年（公元1835年），因年久失修，土石颓圮，水流受阻，江苏巡抚陈銮在巡视松（江）、苏（州）期间，“亟思辑而新之”。于是，他发动民众，捐资出力，再次疏浚至和塘河道，并加固了塘堤，保田畴，利帆纤。

明永乐元年（公元1403年），朝廷命户部尚书夏原吉负责治理吴淞江。夏原吉的治水方案，采用了元末周文英和明初叶宗人两家之说，提出了“掣淞入浏”的办法。也就是将原本由夏驾浦、顾会浦导吴淞江的水，改经浏河出长江，以代替吴淞江下段的开浚。同时开阔了范家浜。黄浦原来是吴淞江的支流，明初黄浦下游段（即上海浦）壅塞，夏原吉认为难于疏浚，于是将浦东附近的范家浜（约为今上海外白渡桥至复兴岛东的河浦），开阔至三十余丈。

夏原吉的这次治水，促使太湖水系发生很大变化。导淞入浏后，清水水量增加，水流迅急，以致明朝末年浏家港仍然有“阔者一二里，狭者亦不下百丈”的宽阔水面。娄江（浏河）保持了200多年的通畅。范家浜的开浚，更促使黄浦扩大。范家浜开浚时的30余丈，到万历年间，已扩大为2里余。黄浦江成为太湖下游主要的排洪河道——这正是造成日后上海形成开埠港口，不断繁荣的一个重要因素。

整个明王朝，吴淞江一共疏浚了10多次，而以浚治夏驾浦以下的次数为多。其中包括成化八年（公元1472年），水利佥事浚治吴淞江，西自昆山夏驾浦，东至嘉定徐公浦，共130里。嘉靖元年（公元1522年），巡抚李充嗣浚吴淞江，从夏驾浦至龙王庙。万历初年，巡抚御史林应训主持治水，疏浚吴淞江，从昆山慢水港至嘉定县徐公浦，长45里。天顺三年（公元1459年），崔恭开挖新江，西自大盈浦起，东至吴淞江巡司，共22000丈。崔恭治水后，吴淞江下游分成旧江（虬江）、新江两支。隆庆三年（公元1569年），海瑞又开挖新江，从黄渡至宋家桥，长达80余里，形成了吴淞江下游的河线，一直保留到今天。

2013年秋天，有机会陪同华东师范大学王家范教授回到他中学时代的母校讲学。他特意署称“同乡、同好”，赠我一册《漂泊航程——历史长河中的明清之旅》，这是他的学术随笔结集。

捧读以后，勾起了很多联想。

在江南地区史研究中，关于经济和文化重心从苏州转移到上海的分析，他提出了一系列问题，诸如五口通商后，何以唯有上海能独占鳌头，获得非凡的成功？上海取代苏州后，江南城乡经济（包括苏州）整体上衰落了，还是获得了新的发展机遇？江南腹地何以在活跃了六七十年之后，大部分乡镇却渐归沉寂，这与上海发展的局限有没有关联？这些，确实十分发人深思。

> 上海最重要的潜在优势何在？洋人一开始就看得很远，放眼于整个长江流域。但上海前期的发展，所依恃的优势却在下游，即明清以来江南农村商品化程度高于全国的特殊“经济情势”，以及所谓“人性益巧，而物产益多，至于人才辈出，尤为冠绝”的历史积淀（珠江三角洲也有这种优势，但稍逊于江南，且大吃僻处南隅的亏）……帝国内敛和特权化的社会品格框定了它发展的有限性。苏州这一中心城市的发展定位及其限制，其根子亦在这里。因此明清江南经济在三四百年间其实并没有太大的变化。上海的开埠，却激活了这种似活却死地区的

经济潜在能量……

王家范教授治学严谨，且很擅长以诗性的语言阐述、评判史实。在他的文章中，道出了上海以外贸兴市引发的一系列变化，真正坐实了左右全国经济“唯一中心”地位的缘由，一语中的。

“上海的成功并非‘天数’，实固有其腹地经济宽阔雄厚和密如蛛网的河道即四通八达的‘地利’优势，方助其成就‘中心’之大业。”

以上海为龙头的“长三角”构成的众星拱月的格局，是从明清时代就开始形成的。而以吴淞江为核心的四通八达的水道，是先天的地利。那时候，满载货物的船只集结在上海浦。沿吴淞江来往于苏州、京杭大运河以及江淮地区的船只，也频繁进出于上海浦，贸易中心就这么形成了。上海浦很快呈现“人烟浩穰，海舶辐辏”、“番商云集”的局面。

从行政区划的层面看，也有不断演进的过程。唐天宝十年（公元751年），朝廷割嘉兴东境、昆山南境和海盐北境，设置了华亭县，这是松江府的前身。元至元十四年（公元1277年），升华亭县为华亭府。至元十五年改华亭府为松江府。松江府的名称，显然源于吴淞江。

最初，是在北宋熙宁年间，设立“上海务”。“上海镇”的名称始见于文献，则是在南宋景定五年（公元1264年）。至元二十八年七月二十四日，元朝廷批准松江知府仆散翰文奏议，划华亭县东北五乡置上海县。上海县与华亭县同辖于松江府。县治所在上海镇，“有市舶，有榷场，有酒肆，有军隘、官署、儒塾、佛仙宫馆、甿廛贾肆，鳞次而栉比，实华亭东北一巨镇”，“市易日盛，户口繁多，民物富庶”。

上海县的设立，无疑是一件具有划时代意义的大事。从此上海作为一个单独区划存在，上海的辉煌展露曙光。

设立上海县以后，内外贸易更加繁荣，以上海为中心的长江三角洲生产的棉花和棉布等产品，通过水路，在上海港大量外销。当时的吴淞江虽然水面狭窄，但仍然是上海地区最重要的水上通道

明清之际，以苏州、杭州为中心的江南经济出现了繁荣的局面。特别是清朝取消海禁，给上海的发展提供了极大的空间。上海在明、清两代的经济发展之快，是前所未有的。

与此同时，吴淞江的旖旎秀美，也给人们带来了文化的享受。

上海的开埠，一般认为是起始于《南京条约》(又称《下关条约》) 的签订。

1842 年 8 月，英国用军舰与大炮逼迫清朝政府低下头来，签订了《南京条约》。这个不平等条约，影响了以后一百七十余年中国历史的进程，将上海带入了一个突兀而来的剧变时代。

《南京条约》第二款有如此规定：

> 自今以后，大皇帝恩准英国人民带同所属家眷寄居大清沿海之广州、福州、厦门、宁波、上海等五处港口，贸易通商无碍。

于是上海被辟为中国对外通商口岸，英国人可以携带家眷来这里做生意和居留。1843 年 10 月，清政府在《虎门附约》中规定，英商在通商口岸，或长期居住，或不时往来，中国地方官必须与英国管事官，各就地方民情地势，议定界址，不许逾越，以期永久彼此相安。这些规定成为英国人到上海通商、居留的法律依据。同年 11 月 8 日，英国首任驻沪领事巴富尔（G.Balfour）到任。11 月 17

日，上海正式开埠。

1845 年 11 月，清政府将杨泾浜以北、李家厂以南的一块卑湿荒地租给英国人，供其建筑房舍及居留之用，并公布了《上海土地章程》。英租界于是得以辟设。

《南京条约》签订后，美国、法国又逼迫清朝政府于 1844 年分别签订了中美《望厦条约》和中法《黄埔条约》，取得了在上海通商居留的权利，美租界、法租界相继辟设。1863 年，英、美租界合并为公共租界。这些租界开始规模并不大，后来渐次扩张。

种种因素的结合，使上海租界成为一个极为特殊的区域。它属于中国领土，中国政府却不能直接管辖。它还拥有相对独立的立法权、司法权、行政权。这种特殊的格局，给上海的政治、经济、文化、社会带来了极为复杂的影响。

英国人在上海取得的第一块租界，是苏州河与黄浦江交汇处的一块滩地。那时候叫黄浦滩，因为在上海老城之外，所以称之为外滩。这块滩地，南起洋泾浜（今延安东路），北至李家场（今北京东路），东达黄浦江，西抵界路（今河南中路），总面积约 830 亩，每亩年租金仅 1500 文。

情况从此一发而不可收，洋人多次与上海道台签署土地租界协定，沿苏州河两岸大肆圈地，不断向南向西扩展。

回顾往昔，我们不能不承认当初西方人将上海作为通商口岸的目光之凶，手段之辣。开埠后，外国商人果然纷至沓来。为了满足南来北往客商住宿的需要，在洋泾浜（今延安东路）畔陆续开设了一些传统客栈。1846 年，一个名叫阿斯脱豪夫·礼查的英国人，在公馆马路（今金陵东路）外滩附近建起了一座旅馆。1857 年，礼查又看中了苏州河北岸、黄浦江边上的一块荒地，当时只有渔民在那里晒网。他以极低的价钱买下。次年，亨利·史密斯从礼查手中买下了这块地，并着手重新建造旅馆。1860 年，一幢两层楼的西式旅馆便出现在世人面前——这就是礼查饭店。

西方人来到上海，总是想沿袭他们原有的生活习惯，所以在开埠初期所盖的房屋，多属洋式平房。这种平房往往设有一个长走廊，那是为了天气炎热时避暑所需。也出现了一些中西合璧的楼房。以后，西式花园洋房就多了起来，这种洋房多为两层，楼上为主人卧室，楼下为客厅，另有花园、后院和附属建筑物。

至于公共建筑，更是千姿百态，争奇斗妍。汇丰银行大厦是仿古希腊式的圆顶建筑，上海总会是典型的英国古典式建筑，马勒住宅是北欧挪威式样，徐家汇天主堂则是中世纪哥特式建筑……这一切，终于使上海赢得了“万国建筑博览会”的美称。

事实上，一百多年来矗立在苏州河岸的众多西洋风格的建筑，始终清楚地告诉我们，洋人们曾经是如何的不可一世，随心所欲，上海又经历了怎样的一番旧貌换新颜。

清光绪元年（公元 1875 年），已经在洋租界居住了 10 多年的杭州人葛元熙，为了指点初涉上海而心迷目眩者，写了一本《沪游杂记》。用今天的眼光看，倒是颇有史料价值的。

> 三国租界英居中，地光人繁，洋行货栈十居七八，其气象尤为藩盛；法附城东北隅，人烟凑密，惟街道稍觉狭小。迤东为闽广帮聚市处；美只沿江数里，皆船厂、货栈、轮舟码头、洋商住宅，粤东、宁波人在此计工度日者，日从一日……

作者还专门用形象细腻的文字，描绘了上海对外开放为商埠以来所出现的光怪陆离的景象。煤气灯、洋水龙、大自鸣钟、千人震、外国影戏、荷兰水、脚踏车等无一不显示西方文化正不可抗御地侵入上海，使它区别于旧封建城市，于刻板灰暗中透射异彩。

正是由于早期商业的繁盛和外来文化的腐蚀，上海滩（尤其是租界）滋生出无数秦楼楚馆。只要从“仙人看香头”“姘头搭脚”“白蚂蚁”“拆梢党”等这些名字，就可以看出淫风荡雨在十里洋场是如何飘洒的。抽鸦片者也不在少数。“但见愁容如枯木，勉强支架在人间。”读这段文字，已不寒而栗。

所幸，这畸形的繁华已如梦魇一般，在历史的烟尘中消散了。

上海开埠后的170多年，岁月在苏州河岸边演绎着屈辱与奋争、苦斗与梦想、贫苦与繁荣。得天独厚的历史地理、与众不同的城市禀赋、世代相袭的不懈努力，终于铸就了上海今日的辉煌。

不仅如此，这条古老的母亲河，也以其悠远而丰厚的文化，孕育了苏沪城乡独特的风姿神韵。

那么，让我们乘坐历史的舟楫，荡桨运棹，去漫游一番吧。

沪与乡愁

谁都知道，上海的简称是“沪”。

沪语、沪谚、沪上、沪游……一个沪字，从来就凝聚着乡愁。

那么，沪究竟是什么呢？

《清嘉录》(清 顾禄撰）引用了唐代诗人陆龟蒙《渔具诗序》中的解释：簖，沪也。“网罟之流，列竹于海澨，曰沪。”并注释“吴人谓之簖”。拦在湖港交汊处的簖簾，可以供船只自由出入，却能阻拦螃蟹逃逸。沪，也称沪渎，原指古吴淞江入海处——那里是螃蟹性腺成熟时从阳澄湖去往海淡水交汇处产卵的地方。

阳澄湖蟹有一个生物学名字，叫做“中华绒螯蟹”，但上海人都习惯于叫它大闸蟹。

大闸蟹的“闸”究竟是什么含义呢？

常见的解释与它生殖洄游的状态有关。湖蟹一般长到二秋龄以后，性腺开始成熟。“秋风响，蟹脚痒”，这句谚语说的正是每年过了9月，秋风开始劲吹时，它们纷纷沿江而下，到咸淡水交界的河口浅海区交配繁殖。进入产卵场的亲蟹非常兴奋活跃，雄蟹经过与同类的搏斗，终于获得雌蟹的芳心。雌雄蟹拥抱在一起完成交配过程，交配后数小时至十几小时，雌蟹就开始大量产卵了。

受精卵孵化出蚤状幼体，最初是洁白晶莹、接近透明的，经过五次蜕壳（每次蜕壳需要7天左右），就变成了大眼幼体——蟹苗。每年夏天，在长江口的蟹苗溯江而上，进入淡水区域生活。崇明岛四周，尤其是北沿各个港口，紧靠湖蟹产卵场，这里水流缓慢，滩涂广阔，很适合蟹苗的栖息和集中。

有人说，螃蟹在生殖洄游——去浅海河口“旅行结婚”、繁殖后代——的过程中，必须经过许多闸阀，所以才得到大闸蟹的美名。阳澄湖水质清澈，所产的螃蟹体型较大，肉质鲜美，所以被叫做清水大闸蟹。

《清嘉录》有煠蟹一章说：“汤煠而食，故谓之煠蟹。”作者引用《雅博》的文字说：“煠，瀹也，汤煠也。音闸。”桂未谷《札朴》云：“菜入汤曰煠。”原来，在吴语中煠与闸字音相近。煠的意思是把食物放在水里，用较长时间煮熟。大闸蟹的烹饪方式，历来多为煠。煠，是烹制天下第一美味最原始也是最有特色的方法。用绳子捆扎螃蟹，放在蒸笼里隔水蒸熟，则是煠的延伸。

苏州已故著名报人、小说家包天笑曾在他的《衣食住行的百年变迁》一书中对大闸蟹作过解释。他说：“有一日，在吴讷士家作蟹宴（吴讷士，苏州草桥中学创始人，山水画家吴湖帆的父亲），座有张惟一先生，是昆山人，家近阳澄湖畔，始悉其原委。他说，闸字不错，凡捕蟹者，他们在港湾间，必设一闸，以竹编成。夜来隔闸，置一灯火，蟹见火光，即爬上竹闸，即在闸上一一捕之，甚为便捷。这便是闸蟹之名所由来了。古人云：一物不知，儒者之耻，岂其然乎？”

包天笑认为，大闸蟹的“闸”，与人们捕捉蟹的方式有关。可惜他听张惟一所讲的，只是阳澄湖渔民设簖捕蟹的情景。《清嘉录》对“簖”有过十分准确的描述：蟹采捕于江浦间，承峻流，纬萧而障之，名曰蟹簖。簖，沪也。

包天笑有一句话说得很清楚：古人有“螃蟹”“湖蟹”的名词，而没有闸蟹的名词。兴修水利，大筑闸阀，也是从20世纪50年代开始的。那时起才对螃蟹的生殖洄游产生影响。那么，闸蟹究竟缘何而来？还是《清嘉录》关于“煠蟹”的解释比较合理。由于“煠”不是常用字，很多人不认识，久而久之，便用闸代替而到处使用。汉字中，像这种约定俗成的情况并不鲜见。

渎，泛指江河。太湖流域有不少以渎为名的古镇。如木渎、南星渎、赵渎等。沪渎者，最初是指人们在这一段江边以“沪”为工具捕鱼捉蟹的聚落，久而久之就成了古吴淞江下游的称谓。靠水吃水的人们，在吴淞江边形成了村落——沪渎村。出土文物证实，古沪渎村位于今青浦区白鹤镇西面。由于这里水阔江深，便于船只往来，是一年四季从不封冻的天然良港。唐代时，就逐渐形成港口和通商口岸。因此，唐天宝年间便设置青龙镇。

唐代诗人皮日休写有关于沪渎的一首诗：

全吴临巨溟，百里到沪渎。
海物竞骈罗，水怪争渗漉。

我们从字里行间不难想象当时的青龙镇，商贾云集，热闹非凡。到处停泊着运输船舶。从苏州经由吴淞江运来的贡物，从这里转口北运。更多见的却是各种各样的水产品。

北宋，青龙镇进入了鼎盛时期，江面上始终船舶云集。随着商务贸易的不断扩大，朝廷在政和年间专门设立了一个市舶司，以管理中外商船的市场交易。当时的青龙镇，镇学、官仓、茶场、酒务一应俱全，街道布局完整，且初具规模，几乎可以跟苏杭一带的县城相媲美。据《宋会要辑稿》记载，熙宁十年（公元 1077 年），青龙镇的税收为 15879 贯 400 文，差不多占了华亭县商业收入的一半。难怪民间历来流传着“先有青龙港，后有上海浦”的俗语。

这个时期，太湖流域经济发展，人口激增。大规模的围滩垦田，促使河道日益缩狭。吴淞江水口筑堤建桥，也导致入江水量减少，下游流速减缓，泥沙不断沉积。所有这一切，造成了吴中地区水患不绝。官员们不能不把兴修水利放上议事日程。

原来吴淞江在青龙镇附近有两个大湾，东面的湾叫盘龙汇，西面的湾叫白鹤汇。据《吴郡图经续记》记载："盘龙汇介华亭、昆山之间，步经才十里，而回穴迂缓乃四十里，江流为之阻遏，盛夏大雨由泛滥，沦稼穑，坏室庐，无宁岁……"宋代宝元元年（公元1038 年），官府动员民力疏凿盘龙汇，改为直道新渠。盘龙汇截弯取直后，避开了青龙镇，旧河道变成青龙江，河道流量日益减少。后来虽然又经过多次治理，终因旧江淤浅，回天乏力，满载货物的大船在宋末已不能驶入青龙江。依傍吴淞江起家的青龙镇，失去了水道交通的支撑，走向穷途就难以挽回。

当青龙镇逐渐衰微时，位于吴淞江新河道一个支流附近的上海县，却因交通便利，人气渐旺。这无疑为它日后在中国的东南脱颖而出，成为东南亚乃至世界大都会，埋下了伏笔。

春雨方霁，天色见晴。

清晨，我站在上海大厦临江的窗前，看一轮橘红色的朝阳悬挂在东方明珠电视塔和金茂大厦之间，光线刺透早春的薄雾，涂抹在波光粼粼的江面上。几羽江鸥在缓缓移动的轮船边翻飞。汽车尾灯拉出殷红的余光消逝在远处。晨练者在外白渡桥上矫健地奔跑。

繁华的都市照例醒得很早。

而夜幕降临的时刻，五彩纷呈的灯光将黄浦江渲染得像油画一般，谁都会被迷醉。

谁能想到，这个充满了海派风范的国际大都市，在新石器时代尚且半是汪洋半是滩涂呢？谁又知道先祖们在淀山湖畔的青浦土地上，曾创造了怎样难以磨灭的业绩？土著的上海人，在崧泽和福泉山留下过多少遗迹？

早在6000多年前，古海岸以东还是一片汪洋大海，由于古海岸相对稳定，在近海地区的浅滩上，有大量贝壳类生物繁殖，遗留了密集的贝壳。在漫长的岁月中，在江流海潮和泥沙的堆聚作用下，贝壳沙带越积越高，终于形成略高于海面的天然堤岸。贝壳沙带的形成，像一道天然屏障，阻挡着海潮向内陆的侵入——于是，学者们将这里称为“冈身地带”。海岸以西地区，逐渐孕育出滨海湖沼、低地平原，在地势较高的冈阜，出现了人类活动的遗迹。江南或江北沙带的堆积过程，足足延续了1000年左右。江南地区成陆较早，崧泽、福泉山、亭林、广富林、马桥等新石器文化遗址，都分布在这个地区内。

福泉山，地势高爽，四周环境宽广。现存的遗址是一座总面积约8000平方米的“土筑金字塔”。遗址建造在此，先民们显然是经过认真勘察的，并动用了大量的青壮劳力，从附近挖掘、搬运数以万计的土方，设计堆筑了这片墓地。

令人瞩目的是出土了三座人殉墓葬。其中一座，墓主是一个25岁左右的男性。在他的脚后，木棺和墓坑的东北角，有一具女性人体骨架，上下肢弯曲而分开，呈跪着倒下模样。在她的身上陪葬有小件的玉器。另一座人殉墓的墓坑北端，发现了一个附葬坑，坑内埋葬着一个青年女性和一个儿童的骨架，双臂向身后弯曲，面部朝上，呈捆绑挣扎状……

当然还有陶器、石器和玉制的礼器。

有一件泥质红陶背壶，直口、高颈、圆肩、深腹。器肩的两侧各有一个环形耳。看样子是为了让人背负方便，双耳间靠近背部的地方做得比较平坦，而另一侧却是浑圆的。中间下腹部，有一个鸟喙形凸钮，人们可以将绳索套在凸钮上，再穿过环形双耳，背起来就觉得十分舒适。

它浑身涂画着橘黄色颜料，颈部绘一圈红褐色的宽带纹和四周平行弧纹，器身还有旋涡形图案——这样的风格，与良渚文化的陶器很不相同，倒是很像山东大汶口文化遗址出土的彩陶背壶。

这是怎么回事呢?

唯一的解释，这件背壶是从山东大汶口地区通过以物易物或其他的方式交换来的。

尧舜时期，氏族部落之间的物物交换，已经开始盛行。《管子·揆度篇》说："北用禺氏之玉，南贵江海之珠。"强悍的氏族部落在征服了远邦部落以后，"散其邑粟与其财物，以市虎豹之皮"。尽管很难考证当时用粟和其他财物交换虎豹之皮的比价，但是陶背壶已经以独特的语言告诉我们，早在四千多年前，生活在福泉山一带的先民，已经与山东大汶口地区的先民有了物物交换。

那可是经历了山重水复、迢迢千里的交换啊!

作为工商城市的上海，早在良渚文化时期就有了商业贸易的萌芽。福泉山是上海商贸的源头!

我去往上海市档案馆外滩新馆参观。

说是新馆，其实是一座法式老楼。当初是由法国邮船公司投资建造的，钢筋混凝土结构，现代派风格，形体简洁，顶部作台阶式造型。外滩的大多数建筑注重外部雕饰，线条华丽，富于古典美，"法邮大楼"却外观简洁、方正，整体造型以中轴对称、顶部内敛峭拔为特征，具有鲜明的西方现代派风格，与众不同。

上海市档案馆新馆两层楼面的常设展《城市记忆：上海近现代历史发展档案陈列》，汇集了六百余件珍贵档案、照片，展现了上海从一个小渔村发展成国际化大都市的历程。

我在这里得到了一张题为《龙舟老大》的照片复制卡片。那是德国摄影师怀特·约翰纳斯·沃特基20世纪30年代在上海的作品。头戴凉帽，身穿白色对襟衣衫的船老大，右手握住长篙，右脚踩住昂起的龙首，显得很有气派。

怀特1902年6月出生于德国莱比锡。1925年以后，在莱比锡的库特旅游公司工作。1933年，他首次来到中国，此后便以独立摄影师的身份，在中国开始了长达十几年的摄影工作。他的摄影作品题材广泛，对生活在旧上海社会底层的大众，充满了同情和关注，很少表现十里洋场那些达官贵人纸醉金迷的生活，而是把相机镜头对准底层民众：小商小贩、街头艺人、黄包车夫、流浪穷人……他用镜头反映这些人的生存状态，使之成为旧上海滩的一幅幅真实社会生活画卷。

参观后，档案馆领导邀请我们直达楼顶，俯览洒满了阳光的黄浦江和鳞次栉比的高层建筑。

我心里十分感慨。从福泉山遗址到繁华的浦东陆家嘴，只有几十公里，上海人却足足走了5000年。从东太湖瓜泾口出发的吴淞江，进入上海市区，被称为苏州河，仅仅一百七十多年，上海却大踏步地走到了世界都市的前列。

这是一条通古达今之路，也一条捭阖全球之路。

2013年高考语文试题（福建卷），有一道阅读题。要求考生根据文章《那一种遥远的幽默》，探析“没有他，清华就不是清华；有了他，不管清华还会有多少变革，也依旧是清华”这句话的涵义。

文章的主人公是王文显，中国现代戏剧的重要先驱之一。文章说，曹禺从南开转学到清华，一半是冲着王文显。这位外国语文学

王文显

系主任，对戏剧颇有研究。但曹禺听课后竟有些失望。从头至尾，王文显都在念英文讲义，而且年年如此，从不增删。即便在课下，他也枯燥无味。但他写出的剧本却别有一番幽默，没有丝毫沉闷无味之处。

自1915年伦敦大学毕业，王文显便在清华教书，直至1937年学校南迁。其间，他历任教务主任、代理校长和外文系主任。

王文显的祖籍在位于吴淞江畔的昆山，他所使用的英文名也是“昆山”（J.Quincey—Wong）。1886年他生于英国伦敦的一个华侨家庭，自幼在英国长大，接受西方教育。他的父亲，却是地地道道的昆山菉葭浜（今陆家镇）人。他去往英国，跟英法联军的统帅戈登有关。

说起来，有一段离奇的故事。

戈登，英法联军最高统帅，是火烧圆明园的元凶。他出生于伦敦的伍尔维奇，是皇家炮兵队一个将军的第四个儿子。1860年，第二次鸦片战争爆发，他被指派到了中国，于9月抵达天津。10月3日，抵达北京近郊英军指挥部，作为曼恩上校的副手，指挥工兵队。10月8日戈登前往圆明园游玩，看到法军正在进行劫掠。戈登后来这样写道：“你很难想象这座园林如何壮观，也无法设想法军把这个地方蹂躏到何等骇人的地步……而法国人却以狂暴无比的手段把这一切摧毁了。”然而，10月18日，戈登执行额尔金勋爵和总司令的命令，一把火焚毁了圆明园。

1862年，太平军开始在上海威胁欧洲人。5月3日，戈登追随斯特维利将军抵达上海。为了驱逐上海周围30英里内的太平军势力，戈登随工兵部队与太平军作战，先是攻占了青浦，不久又拿下松江泗泾镇与上海七宝镇，攻破嘉定县，旋即受命勘测上海附近百里以内的地区。

由于在攻克嘉定时有出色表现，戈登被提拔为少校。1863年1月，英国枢密院训令授权英国军官在清政府军队服役。3月，戈登奉驻华公使普鲁斯与侵华陆军司令士迪佛立之命，继白齐文任“常胜军”统领。

戈登重整了军队。1863年五六月间攻陷太仓、昆山、新阳，7月占领吴江、震泽，12月占领苏州。1864年5月配合淮军占领常州。这是太平军在天京（今南京）外围的最后一个堡垒。随后在昆山解散“常胜军”。清政府升戈登为提督、赏穿黄马褂。

戈登的洋枪队进攻苏州、常州时，乘坐小火轮从上海出发，沿苏州河（吴淞江）上溯，途经昆山夏驾河。附近的菉葭浜，是吴淞江畔的一个古镇。洋枪队所到之处，与太平军交战，一片刀光剑影，腥风血雨。戈登的兵船气势汹汹，将老百姓惊吓得四处逃散。无意中，戈登在船头看见一个男孩，正孤零零地在岸边啼哭。他不由分说，把男孩拉上了船。仔细打量，这男孩长得眉清目秀，令人喜爱，顿时令他生出了恻隐之心。

从此，这男孩就留在了戈登身边。1864年11月，戈登完成使命回国，也把他带回了伦敦，成为自己的侍从。

男孩知道自己姓王。长大成人后，迎娶一位华侨女子为妻，生养了一个儿子，特意给他取名J.Quincey—Wong（昆山），以表达自己对故土的眷恋之情。

岁月荏苒，转眼间半个世纪过去了。

当年被戈登带往伦敦的男孩，年逾花甲，垂垂老矣。他已难以实现叶落归根的夙愿。他的儿子“昆山”——王文显——从小生活在伦敦，长期接受欧美教育，但终究是黑头发黄皮肤，妻子也是从上海来英国定居的华人。父亲给他描绘的故乡情景，更让他生出无限的憧憬。1915 年，王文显于英国伦敦大学毕业，决定与妻子一起回到中国。他一度担任中国驻欧洲财政委员。1921 年任清华学校英语教授，并任副校长、代校长等职。1925 年，清华学校改为清华大学，他担任外文系主任。

1917 年，王文显特地从北京回到菉葭浜寻根问宗。他一次也没有到过父亲的出生地，时间也过去了 50 年，凭着父亲的描述，他居然找到了吴淞江畔的王氏故居——父亲小时候生活的地方。同时意外地见到了两位叔父。他在叔父家里住了十来天，才依依不舍地离开。

碧澄的吴淞江，令他一慰乡愁。

1927 年，王文显前往美国哈佛大学，师从戏剧理论家贝克教授，学习编剧。第二年回国后，来到清华大学外语系主讲外国戏剧、近代戏剧等课程。又先后在北京大学、北京师范大学、辅仁大学任教。洪深、李健吾、曹禺、孙大雨、张骏祥等等一批现代戏剧人才，都曾经是他的学生。1937 年抗日战争全面爆发，他离开北京，前往上海圣约翰大学任教授。上海沦陷以后，他不得不告别吴淞江，去往香港，又转往美国，再一次成了流落他乡的游子，直至在美国离世……

犹如人们常常揭短，说香港和九龙曾经是搁浅的陋寨，今天的大上海原先也不过是海边的小渔村。那一派花团锦簇，蕴含了多少沧桑血泪啊。但上海在最近的 170 多年，尤其是最近的三四十年间迅速崛起了。上海毫无愧色地屹立于世界城市之林。

那么，我们又该以怎样清晰的语言来叙述上海人的性格变迁呢？

上海人，其实不是一个简简单单的名词。对于它，我们可以从社会学、哲学、文学、伦理学、地理学、经济学等许多个侧面，进行永无休止的诠释。

比较而言，上海人既有江南人的机敏伶俐，又较早接受“西风”侵袭，同时很能融汇吸收苏、甬、粤各邦人士的长处，显得思想不浅。

是的，上海的优势，就在于它是一个移民城市。自1843年它对外开放为商埠，从此再也没有闭门锁户。当上海以异乎寻常的速度呈现前所未有的繁荣，成为真正的国际大都市时，都市中的居民已经很难找到纯粹的上海人了。“停车者踵相接，入市者目几眩，骎骎乎驾粤东、汉口诸名镇而上之。来游之人，中朝则十有八省，外洋则二十有四……”宁波老板、江北苦力、印度巡捕、白俄流浪汉，都要在这里落脚谋生。各色人等都有的上海是一个滩，是一条江，也是一个海。从偏僻荒凉的扣舷晾网之地，到车水马龙、霓彩闪烁的不夜城，170多年间这个翻天覆地的过程，经历的时空已不算太短暂。犹如一江黄浦春汛，不断地流动和变化，就成了移民城市的显著特征。

在民俗学辞典上，上海人三个字的注释，应该是见多识广、老于世故、头子活络、会过日子、有经济头脑、虚荣心强、胸怀不大、遇事左顾右盼等等，在某种程度上，这是精于算计的理财意识，在长久的累积中派生的处事风格和处世态度。比如乘公共汽车或地铁，该转换几次车，乘坐几站，买多少钱汽车票，好像用电脑计算过的，十分精确，绝不会多花一分钱，多走一步路。商场里买东西也是这样，出厂价、成本价已经无法吸引人，便用跳楼价之类的字眼招徕顾客。折扣打到三折，甚至买一送一，店主依然能赚钱。

临近上海的城镇，难免有一些进不了大都市而流落于此的人。比如，在特殊的年代，不少上海军工企业迁往贵州、陕西、四川山区，时间久了，老工人们很想叶落归根。不少三线企业便以联营的方式，迁移到了上海的附近。20 世纪 80 年代，“内联三线”成为一句响亮的口号。说沪语的人顿时增多了。也有一些人由于下乡回城、毕业分配和婚姻嫁娶等等，没有回上海，进入了当地的单位。当地人往往不称呼名字，喊一声“上海人”，都知道是谁了。

在当地人眼里，上海人既因见多识广令人羡慕，又因喋喋不休卖弄让人厌烦；既像一股新鲜空气诱人亲近，又有某种高傲之气让人不适；既想跟他交朋友，又想敬而远之。

然而，不管你敬而远之也好，颇有微词也好，大骂山门也好，上海人始终是一个庞大的存在。在地球上的每一个角落里，只要是有人烟的地方，都可能听到“阿拉”和“侬”。他们或许有时不太受欢迎，却永远让人离不开。别人想不到的事，他们先想到；别人做不好的事，他们能做好。上海产品总是为全国各地的人们所青睐。海派服装犹如上海人的思想观念，总是领风气之先，叫人趋之若鹜。

那么，那些领海派文学之风骚的作家们，是不是地道的上海人呢？回答是否定的。有不少是外地人，或者是上海乡下人（比如张爱玲，原籍河北省唐山市，原名张煐）。他们却淋漓尽致地写出了十里洋场百年风流。也许，这也叫旁观者清。关键是要有一双能读懂上海的眼睛。他们来自外地、来自乡间，对自己触摸的都市生活，有更深切的感受，也就有更深透的理解。

出生在浙江余姚的余秋雨先生说：“我认为上海文明的肇始者，

徐光启

是明代进士徐光启。”确实，徐光启不仅仅是一个官员，不仅仅是一个农学家，更是中西文化科技交流的先驱者，早在 17 世纪初，他就开始引进西方先进科技。而在 230 多年之后发生鸦片战争，大英帝国的炮舰开进了中国领海，才有了上海开埠，西学东渐。

然而，徐光启的籍贯是江西南昌（一说河南）。祖辈迁徙至松江府上海县法华汇（今徐家汇）。他可以算是新上海人。

徐光启的思想似乎是超越时代的。他不像元代下砂场盐司陈椿那样，带领盐民煮海熬波，也不像嘉靖年间的官员那样，勉力修筑上海城墙，以抵御倭寇，除了研究农学、天文学，他扎扎实实地致力于引进国外先进科技——这在当时是不入流的“术数”，与他的崇祯朝礼部尚书兼文渊阁大学士、内阁次辅的身份是不相称的。徐光启对西方文化采取的罕见的开明态度，象征着上海文化明显的开放性。这也正是上海人以“徐家汇”的地名永远纪念他的缘由。可惜，一直到徐光启逝世后 200 年，中国近代史才轰轰烈烈地出现洋务运动。

上海人的所有长处和短处，在于是一个复杂的组合。10 个口袋里放着上海常住户口本的人中间，也许有 3 个是宁波人和绍兴人，3 个是淮阴人和盐城人，3 个是从全国其他地方来的人，只有一个祖籍是上海，而且并非上海土著（青浦人或浦东）人。

上只角的人往往会对移民们撇撇嘴。半个多世纪之前，一群又一群为蝗灾、水灾、旱灾所驱赶，流落上海街头的难民，两个肩膀扛一个脑袋，喝西北风过日子。可是他们很快像野草似的蔓生开来，在苏州河岸边搭建起了密密层层的棚户区，并且在那儿生儿育女。他们的孩子会说一口流利的上海话，只不过有时会不慎露出马脚，几个关键音节口齿不清。比如“肩膀”往往说成“鸡膀”，一口洋泾浜。即使是现在电视台、电台的方言节目，播音员的方言也可能是串味的，时不时会把舌尖卷起来。普通话已不推自广。陌生人见面，一开口就是普通话，哪怕讲得别别扭扭，讲了好一会才从夹杂的方言中发现彼此都是本地人。

但这没有关系。谁都明白，要是离开了数以百万计的移民，上海不可能有今天。改革开放之初，许多青年人东渡日本“洋插队”，洗碟子、送报纸、扛死尸，什么事情都干，一时如过江之鲫。既学到了日语，也赚到了日元。但风向很快变了，令人向往的毕竟还是欧洲和美国。留学的热潮一浪高过一浪。许多大学生从上海飞往异国他乡，拿到了美国和加拿大的绿卡，获得了在欧洲的永久居留权，让他们在上海的父辈们满脸生光。这才是最时髦的事。

须知，不到万不得已，上海人是绝不想离开自己营造的安乐窝，去往全国任何地方的（包括首都北京）。但上海人出国的热情却比别的任何地方的人高得多。

这恰好是上海人最基本的性格体现。

事实上，上海人的成分是最不纯的。正是因为不纯，才使上海人集四海雄才、纳八方精华，拥有傲视天下的资本。

纯与不纯的辩证法十分有趣。这犹如吴淞江，从太湖一路逶迤东流，夹带了洋风夷雨、五光十色，能说它很纯吗？可是在碧澄的江水面前，你又怎么能说它不纯？

吴淞江畔的乡间，流传着一首童谣，名叫《小丫头》。字里行间，充满了纯真的童趣，顿时勾起人们无限乡愁。

小丫头，不成器，不会做生活，看着真讨气。叫伊淘淘米，揿脱饭箩底。叫伊挽挽水，驳起屁股摸螺蛳。叫伊拔拔葱，坐在田里望烟囱。叫伊纺纺纱，锭子头上开朵花。叫伊绣绣鞋，好像鸡脚拉。叫伊摘棉花，偷隔壁田里瓜。叫伊汏汏衣，搭仔水桥头人扛嘴皮。叫伊束麦柴，摘个麦管吹喇叭……

治水的功勋

我乘坐轮船，行驶在吴淞江的霏霏烟雨中。

但见两岸绿意浓郁，房舍参差，公路蜿蜒。船尾在江上犁出的水带，翻腾着晶亮的旋涡。这是一幅江南最富有诗意、最充满活力的画面。

1000年前，北宋诗人晁补之也正是在吴淞江上，有感而发，写下了这样的诗句：

停舟傍河浒，四顾尽荒原。
日落狐鸣冢，天寒犬吠村。
系帆凌震泽，抢雨入盘门。
怅望夫差事，吴山阕楚魂。

眼看天色骤变，大雨将临，船儿赶紧靠岸。站在船头的诗人因苏州的水陆盘门，触发了怀古之幽思。世事苍茫，逝者如斯，夫差的响屐廊已灰飞烟灭，伍子胥的忠魂却仍依恋着吴山。

亘古不变的，唯有这不息奔流的江河。

即使在青龙镇式微以后，吴淞江的作用并没有发生大的改变，并非只作为景观，令人发思古之幽思，而是继续发挥重要的交通运输功能。自五代至宋、元时代，作为太湖泄水主干道，吴淞江始终比娄江与东江作出的贡献更大。

《尚书·禹贡》是中国最早的一部地理著作。据说，撰著者设想并提出了在当时诸侯称雄的局面统一后，治理国家的方案。这是一个宏伟周密的方案，不同寻常，所以托名大禹，企望能够得到实际的施行。引人瞩目的是其中有这么几句：

“淮海惟扬州。彭蠡既猪，阳鸟攸居。三江既入，震泽底定……”

《禹贡》这段话的大意是，在淮河与大海之间就是扬州，彭蠡泽蓄积了深水，那一带的岛屿也可居住了。三条大江已经导水入海，震泽就不再泛滥，这一带就可以安定无忧。彭蠡既猪的猪，当为“潴”。《水经注》中有“渚水潴涨，方广数里”的字句。

震泽，是太湖的古名。太湖的古名还有具区、笠泽、五湖等。五湖的称号与太湖早期形成有关。《吴录》《川志》《吴地记》的解释分别是：“五湖者，太湖之别名。以其周行五百余里，故以五湖为名。”“太湖有五道口，则谓之五湖。”“五湖者，菱湖、游湖、莫湖、贡湖、胥湖，皆太湖东岸五湾，为五湖。”古太湖的面积比今天的太湖大了许多，但是被分隔成五个部分。

作为中国五大淡水湖之一的太湖，今天的湖泊面积为 2427.8 平方千米，水域面积为 2338.1 平方千米，湖岸线全长 393.2 千米。其实太湖的面积一直在变化之中。远在秦、汉时代，太湖的面积并不大。据《越绝书 · 吴地传》记载：“太湖周三万六千顷。”如果按照这个数字计算，只相当于今天太湖面积的 70%。

唐、宋以后，由于下泄水道不畅，太湖的面积渐渐扩大。然而，到了近代，太湖呈不断萎缩之势。唐代时湖水可达吴江塘岸，洞庭东山和西山原来是湖中的两大岛屿，后来因为东山与木渎之间泥沙淤积，滩地扩展，到清代中期，岛与沙洲相接，遂使东太湖成为太湖的一大湖湾，东山也成为半岛。近一二百年来，东太湖东岸和西北岸淤积加甚，加之围垦湖滩地，东太湖实际上已成为一个阻水严重的浅涸湖区。

20世纪六七十年代，由于大规模围湖种植和养殖，太湖及其周围湖群的面积减少13.6%，消失或基本消失的湖荡有165个，面积高达161平方千米。太湖西北的马迹山岛已与陆地相连。隔湖的北、东、南面因加速围湖，湖面也大为缩小……

古往今来，太湖湖水的流泻与流向，始终是当政者们关注的问题。“三江既入，震泽底定”，这句话是颠扑不破的真理。

古三江，指的是吴淞江、娄江、东江，尤以吴淞江江面最宽阔。唐代河口宽20里，宋代青浦县河段“面阔九里”。当时太湖接受西部山区的来水，足以通过三江排入大海，所以很少泛滥。唐宋以后，由于长江三角洲的下沉以及泥沙在河口地带大量堆积，原来宣泄太湖水入海的三江，由于海潮的倒灌，相继淤塞。吴淞江日趋束狭，堵塞了太湖水的入海去路。江水泛滥，促使太湖中部平原洼地沼泽化。

大约在公元8世纪以后，随着全球性冰后期海面的升高和太湖三条主要泄水通道——吴淞江、娄江、东江的不断沉降，使河流的比降发生了改变。三江之水的流速大大减缓，江水所挟带的泥沙经常在河道内沉积。当东海潮汛时，三江居然变成了海水内侵的通道。海水一度逆吴淞江倒灌至苏州城东一二十里——几乎是今大澄湖所在的位置，泥沙大量堆积，使娄江、东江相继淤塞，吴淞江下游的宽度由20里缩小到不足2里。

这终于造成太湖流域内涝成灾。仅宋代，苏州府、平江府和吴县境内的大水灾，就达16次之多。南宋隆兴元年（公元1163年）、二年，连续发生水灾，在洪水猛烈的冲击下，不少房屋和圩田被毁，街道进水齐膝，只能靠船儿行走。很多人被洪水活活淹死。

不仅仅是自然灾害。由于辽、金政权和宋廷连年交战，兵荒马乱，连富庶的江南水乡也变得满目疮痍。偏偏宋徽宗又重用朱勔，建立应奉局，大搞花石纲，将无数玲珑剔透、造型奇特的太湖石经由大运河运往京城。老百姓怨声载道。但无论是官还是民，都没有财力和精力疏浚太湖水系。恰恰在这时候，宜兴商人为了使山区的竹木通过太湖，直接运往浙江谋利，拆毁了阻拦荆溪之水进入太湖的五堰。朝廷为了调运江南的大米进京，贯通挽舟之路，修筑了吴江大堤，也堵住了太湖水入海的通道。

苏州的附近，原本有一座繁华的城市陈州，很可能在那时候被淹没，而变成了陈湖（澄湖）。半个多世纪前，农民在澄湖里罱泥、捲水草时，发现过上马石、街沿石和石井圈。

位于沪苏交界处的淀山湖，最早记载见于北宋郏侨的《水利书》，其实是在东江湮没以后形成的。阳澄湖，也是由于娄江湮塞，江水向北漫淹而形成的。

显然，经过几千年的变迁，古老的三江发生了极大的变迁。从某种意义上说，今天的三江早已不是原本的三江。然而，唯独吴淞江经历了下游几度淤塞、屡次整治、河流改道等等，却依然东流通海，保持着不可忽视的生命力。

在以农业为经济命脉的时代，政治家们必须每年把治水放上议事日程，而不是以建造摩天大楼、商业综合体或城市广场为政绩。国家的赋税收入，总是有相当一部分投入水利建设。自古以来，涌现出不少彪炳史册的水利工程。一些官吏，也因为兴修水利而立下不可磨灭的功劳，为世人称道。

说起治水，怎么也绕不过去的一个人，是春申君黄歇。上海的简称“申”，就是源自春申君。

战国时期受封于此的楚国贵族春申君黄歇，与齐国的孟尝君、魏国的信陵君、赵国的平原君齐名，人称“战国四公子”。黄歇受封之时，黄浦江还是一条无名小河，由于泥沙淤积，河床过高，常常泛滥。黄歇带领百姓进行开浚，疏通了河道，筑起了堤坝，使这条河造福于百姓。

黄歇是上海地区有史以来的第一个政治、经济、文化名人。人们为了怀念他，不仅建了庙宇，还将这条河改称为春申江、黄歇浦。后来，又以“申”代称上海。

在众多的吴淞江治水功勋中，夏原吉也是不可忽略的一位。

昆山城东（今时代大厦附近）有一条下界浦。明初时，往东到入海口一百三十余里已经淤塞成平陆，无法泄水，后由于夏原吉引下界浦入浏家港以分水势，得以通畅。从此，下界浦被改名为夏驾河，沿用至今。

昆山古镇千灯（千墩）有一条尚书浦，北起吴淞江，南通淀山湖，是古代纵浦之一。相传明永乐元年（公元 1403 年），户部尚书夏原吉奉令携太常少卿袁复开浚吴淞江，顺便疏拓千灯浦，解除了水患。老百姓为了纪念他的功绩，把千灯浦改成了尚书浦。

其实，最让人无法忽视的是夏原吉不仅治理夏驾河，更促进了黄浦江的形成。

明代洪武末年，作为太湖水入海通道的吴淞江下游严重淤塞，致使浙西连年遭受涝灾。永乐初年，吴淞江流域水患已达到无以复加的地步，有些河段淤塞甚至已是“茭芦丛生、已成平陆”，苏州、松江府一带大水成灾。朝廷十分重视水患治理，委派户部尚书夏原吉来江南筹划根治事宜。夏原吉在实地考察后，上疏朝廷曰：

“臣等相视嘉定之六家河，即古娄江，径通大海，常熟之白茅港，径入大江，皆系大川，水流峻急。宜浚吴淞江南北两岸安亭等浦港，以引太湖诸水入刘家河、白茅港，使直注江海。又松江大黄浦乃通吴淞江要道，令下流壅塞，难即疏浚，傍有范家浜至南跄浦口，可径达海，宜浚令深阔，直接大黄浦以达泖河之水……”

经过朝廷批准，他采取了“掣淞入浏”“掣淞入浦”的方案，一方面将吴淞江上游引入浏河，直接出海以舒解淤塞之急；一方面采用本地诸生叶宗行的建议，开凿范家浜，使黄浦之水截过吴淞江，北流直接入海。范家浜开挖后，黄浦上承淀泖湖群之水，淀泖地势最低，太湖下泄之水，先汇集于此，加上杭、嘉之水也注入黄浦，黄浦水域面积广，清水来源多，在落潮时，有足量的清水冲淤，黄浦自然不断扩大。

当时永乐皇帝批准他役工10余万。夏原吉布衣徒步，日夜经画，“盛暑不张盖”，不辞辛劳地指导施工。他说：“老百姓在艰辛地劳作，我怎么忍心一个人享受舒适？”在他的精心策划和指挥下，“掣淞入浏”“掣淞入浦”工程终于大功告成，太湖、淀山湖和浙西之水顺畅入海，解除了水患。

《明史》卷一四九有如是记载：

> 原吉请循禹三江入海故迹，浚吴淞下流，上接太湖，而度地为闸，以时蓄泄。从之。役十余万人。原吉布衣徒步，日夜经画。盛暑不张盖，曰：“民劳，吾何忍独适。”事竣，还京师，言水虽由故道入海，而支流未尽疏泄，非经久计。明年正月，原吉复行，浚白茆塘、刘家河、大黄浦。大理少卿袁复为之副。已复命陕西参政宋性佐之。九月工毕，水泄，苏、松农田大利。三年还。

辅助他治水的叶宗行立下汗马功劳，后来被提拔为钱塘县知县。他们当时设置测量水位的石标，名曰“忧欢石”——水位正常为欢，水位上涨为忧，不仅是水文测量的设施，也蕴含了人文色彩。

顺便说一句，鸦片战争后，英、美、法驻沪公使、领事组成关税管理委员会，由英、美、法三国领事与沪道缔结关于上海海关之约九条，由此开了外国人管理中国海关之先河。为了保证舰船能安全通过吴淞江内沙浅滩，1871 年前后，旧海关（吴淞海关港务司署）设立吴淞零点水尺，供航行及测量之用。经过长期记载，定出 1871—1900 年间出现的最低潮位为零点，称为“吴淞零点”，成为吴淞零点高程系统的起算依据。这是中国确立最早的高程基准面。一直到现在，长江流域仍然以吴淞零点高程作为基准。

由于吴淞江上游水源分泄江海，下游（吴淞）江（黄）浦合流，浩荡的黄浦江水直达东海，河床被冲刷得越来越深广。范家浜未开之前，黄浦之广不及吴淞之半，范家浜开浚时为 30 余丈，万历间已扩大为 2 余里，成为太湖下游主要的排洪河道，而吴淞江反变成了它的支流，以至上海开埠后，外洋轮船可以停泊至黄浦江码头。这为上海成为中国最大的对外贸易和工商业城市奠定了基础。黄浦江与吴淞江（苏州河）相交的格局，促使上海形成更完善的内河网络，连接更广阔的腹地——苏、锡、常、杭、嘉、湖这片中国最富庶的地区。

恰如散文家归有光在《水利论》中所指出的：“禹治四海之水，而独以河为务；余以为治吴之水，宜专力于松江（即吴淞江）。松江既治，则太湖之水东下，而余水不劳余力矣。”

夏原吉，字维喆，先祖为江西德兴人，后迁湖广湘阴（今湖南湘阴县）。明代洪武年间以乡荐入太学，官户部主事，历仕五朝。明成祖时任户部尚书。他不仅主政户部多年，还担当治水重任，被倚为砥柱。夏原吉尽职尽责，努力为朝廷聚财、用财。他提出“裁

夏原吉像

冗食，平赋役，严盐法、钱钞之禁，清仓场，广屯种，以给边苏民，且便商贾”的建议，被朱棣采纳，在全国推广实施，取得了明显的成效。

夏原吉是一个忠于职守的官员，常常将户口、府库、田赋等数字写成小纸条，放在衣袖中，取名“记心”，随时检阅，以备顾问。有一天，明成祖朱棣上朝时，向他问起天下粮储数，夏原吉脱口而出，回答得迅速而又准确。

夏原吉治水有功，然而对于郑和下西洋的壮举，却持反对态度。他与朝廷的某些大臣，不断寻找机会，从不同的角度劝说明成祖禁止下西洋活动。强调郑和下西洋耗资巨大，国力难以支撑，甚至把宫廷失火也归罪于下西洋。

这或许是夏原吉人生的另一面了。

其实，在治理太湖水患最负盛名的，不仅仅是夏原吉。比如说，在他之前，还有范仲淹。因为范仲淹的其他政绩十分显著，文学上的地位也很高（他的名言“先天下之忧而忧，后天下之乐而乐”，家喻户晓，妇孺皆知），反而将他在治水方面的贡献掩盖了。

范仲淹曾任苏州知州。景祐年间，苏州洪水泛滥，这位父母官率领民众疏浚苏州白茆塘、浒浦塘，使积水不但可以排泄至东南方的吴淞江，还可以由东北方向进入长江。

当时，范仲淹准备将介于华亭、昆山之间迂回40余里的盘龙汇，截弯取直，使太湖水东泄入海更为顺畅。可惜这个计划来不及实施，便被调回京师，权知开封府。在苏州任上，范仲淹对太湖流域的塘浦圩田体系作了充分研究，写有《条陈江南、浙西水利》等专文，为后世太湖治水留下了可资参考的珍贵资料。

一生两次出任杭州地方长官的苏轼（一次是任通判，一次是任太守），也是足可与范仲淹媲美的治水官吏。在杭州任上，他以曾任杭州刺史的白居易为楷模，储粮赈灾，兴修水利，踏踏实实为老百姓办事，留下了很好的政声。

有一句民谚，至今仍流传在上海地区："周太爷开吴淞江，吃个咸菜汤，睏个无脚床。"原来，周太爷指的是松江府知府周中鋐。清雍正四年（公元1726年），他负责治理吴淞江，承担修筑大坝工程。由于洪流雄悍，竹木难以抵挡，大坝屡筑屡溃。周中鋐昼夜奋战在水利工地，与千总陆章一起，乘船挡险。然而由于吴淞江水流湍急，他们乘坐的船只被打翻，溺水而亡。后来，人们建周中鋐祠（俗称周太爷庙）祭祀。

在这里，我们应该说一说被誉为"吴中水利先驱"的一对父子——郏亶和郏侨。

郏亶，字正夫。出身于昆山农家（今地属太仓）。北宋嘉祐二年（公元1057年）考中进士。熙宁五年（公元1072年）任司农寺丞。第二年，因为遭到保守势力的反对被罢免。后来复任司农寺丞，另授江东转运判官。元祐年间授太府寺丞。

司农寺，作为一个政府机构，始建于北齐。至北宋中期，基本上只是一个闲散的机构，没有什么权力。"司农寺掌供籍田九种及诸祀豕及蔬果、明房油、平粜之事，止以常参官二人判寺事"（《宋会要辑稿》)。但是从熙宁三年至元丰五年（公元1082年）的13年间，由于王安石变法，司农寺作为中央重要的财务至政务机构，发挥了重要作用。王安石变法的主要内容，如青苗法、农田水利法、免役法、保甲法等，都是由司农寺制订或执行的。司农寺的编制也逐年扩大，郏亶正是在属官“扩编”中担任司农寺丞的。

出身农家的郏亶，为什么能在王安石变法的关键时刻来到重要部门任职？是什么引起了王安石的关注？

原因有两条，一是他自身素质较高，二是顺应了时代的需要。

郏亶从小生活在江南水乡，长大后又常跋涉野外，考察和研究农田水利，深究古人治水之迹，对于太湖流域的水利胸有成竹。熙宁三年，朝廷诏书天下，征集理财省费，兴利除弊的良策。一时形成了“四方争议水利”的局面，这给了郏亶展示自己的极好机会。

郏亶在深思熟虑后，上书建议治理苏州水田，并且提出了一系列治水主张。他认真总结前人治水的经验教训，指出以往治水中存在的六处失误，并总结出治水必须“辨地形高下之殊，求古人蓄泄之迹”等“六得”。后来，他又提出“治田利害大概”七条。熙宁五年，郏亶担任司农寺丞，提举兴修两浙水利。一些地方官吏豪绅担心自己的利益在兴修水利过程中受到损害，于是四处散布谣言，诬陷郏亶治水劳民伤财。熙宁六年，郏亶被无奈地罢免。

然而，郏亶相信自己没有错。即使一些人受到地方官吏豪绅的唆使，闯入郏家，对他大打出手，他仍然不愿意改变自己的主张。他坚信自己的主张是切实可行的，是利国利民的。罢官回到家乡后，他在自家住宅西面一块名叫“大泗瀼”的水田上，大胆实践治水理论。当年，他的试验田就获得了很好的收成。为了更广泛地推广自己的研究成果，他再次上书重申自己的主张。朝廷派员考察了他的试验田，被事实折服，终于恢复了他的司农寺丞职务。

元祐年间，郏亶授太府寺丞。晚年出任温州知州。崇宁二年（公元1103年）卒于任上，时年66岁。

郏亶实地考查太湖地区治水的历史，考察了260多条河流，并结合自己治水的亲身体会和设想，撰写了《吴门水利书》四卷（已佚），其中《苏州水利六失六得》和《治田利害七事》两篇保留至今。他从地域差异和地形特点对苏南水利予以分析：

> 何谓地形高下之殊？曰：苏州五县，号为水田，其实昆山之东，接于海之冈陇……其地东高而西下……常熟之北，接于江之淤沙……其地皆北高而南下。是二处皆谓之高田。而其昆山冈身之西，抵于常州之境，仅一百五十里，常熟之南，抵于湖秀之境，仅二百余里，其地低下，皆谓之水田。

他指出，要根据不同地形特点和水文条件，因地制宜兴修农田水利。主张疏浚与筑堤相结合，“驱低田之水尽入于淞江，而使江流湍急”，既可冲刷河床，又可加速排水。论述精辟，科学性强。他还绘制许多水利图，为后人治理吴中水利提供重要依据。

郏亶在他的《吴门水利书》中讲述了破坏大圩制的各种情况。有的因贪图行船停船之便，凿井圩岸；有的侵耕圩堤坡脚，造成堤身破坏；开浚的河浦标准不足，河身越开越小；地主只管收租，不管修圩；开挖古堤，捕捉鱼虾，造成堤身毁坏等等。由于这样，大圩就渐次分解为小圩了。为了维护大圩，郏亶还提出了筑高圩深浦的整治规划。

尽管这一方案刚一实施就被迫停工了，但是郏亶的治水主张，一直为后世所重视。

郏侨，是郏亶的儿子。他继承父业，成为北宋有名的水利学家，著有《郏侨水利书》《幼成警悟集》等。

郏侨研究太湖水利时，十分重视地域差异，广泛论述苏州近邻数郡地形、水系的特点和差异性，分析太湖流域平江五县湖泊的特点。他认为，很多水灾是因为前代堤防堰闸尽坏，不能分水排流所造成的。主张在河口设置堰闸，以防止潮水倒灌和泥沙淤积，在一些湖泊筑堤蓄水，以防止旱涝等。在治洪问题上，他主张引导太湖上游来水，分路泄入长江、钱塘江，以减轻太湖洪水压力；在吴江塘路多置桥梁，畅通太湖洪水出路；修筑吴淞江两岸堤塘，以吴淞江为太湖洪水宣泄专道，并且主张分片处理地区涝水。他的观点是："欲决常州、润州之水，则莫若决无锡县之五泄堰，使水趋于扬子江；欲决苏州、湖州之水，莫若开昆山之茜泾浦，使水东入大海，开昆山之新安浦、顾浦，使水南入于松江，开常熟之浒浦、梅李浦，使水北入于扬子江；于秀州治华亭、海盐诸港浦，疏导积潦。"

郏侨关于"大中小结合"的治水方针，对于太湖地区治水理论有独特的贡献。他的《水利书》说：

> 震泽之大，才三万六千余顷，而平江五县积水几四万顷，然非若太湖之深广弥漫一区也。分在五县，远接民田，亦有高下之异，浅深之殊，非皆积水不可治也，但与田相通，极目无际，所以风涛一作，回环四合，无非水者。既非全积之水，亦有可治之田。潴泻之余，其浅淤者，皆可修治，永为良田……

今天读来，仍然能给我们很大的启示。

散文家与吴淞水利

归有光，出生于昆山的明代散文家，被誉为“明文第一”，给后世留下了无数脍炙人口的篇章。他曾一心一意经由科举从政，实现远大理想，却“八上公车而不遇”，难以遂愿，直到 60 岁那年才考中进士，当上浙江长兴县令。然而，作为一个有良知的读书人，他从另一方面帮助了朝廷——将自己的研究结果写成文章，向当政者提供中肯而合理的建议。在某种意义上看，他在此处所发挥的作用更大。

归有光对于水利的思索，要比他的同时代人深远得多。

在《震川先生全集》中，论及水利的篇目，有包括《水利书序》《水利论》《三江图序说》《论三区赋役水利书》等好多篇，其中

归有光像

最有名的是《水利论》。

吴地痹下，水之所都，为民利害尤剧，治之者皆莫得其源委。禹之故迹，其废久矣！

吴东北边境，环以江海，中潴太湖。自湖州诸溪从天目山西北宣州诸山溪水所奔注，而从吴江过甫里，经华亭青龙江以入海。盖太湖之广三万六千顷，入海之道，独有一路，所谓吴淞江者。顾江自湖口距海不远，有潮泥填淤反土之患。湖田膏腴，往往为民所围占，而与水争尺寸之利，所以松江日隘。昔人不循其本。沿流逐末，取目前之小快，别凿港浦，以求一时之利，而松江之势日失。所以沿至今日，仅与支流无辨，或至指大于股，海口遂至湮塞。此岂非治水之过与？

盖宋扬州刺史王溶以松江沪渎壅噎不利，欲从武康纻溪为渠浛直达于海，穿凿之端自此始。夫以江之湮塞，宜从其湮塞者而治之，不此之务，而别求他道，所以治之愈力而失之愈远也。太仓公为人治病，所诊期决死生，而或有不验者，以为不当饮药针灸而饮药针灸，则先期而死。后之治水者，与其饮药针灸何以异？孟子曰："天下之言性也，则故而已矣；故者以利为本。""禹之行水，行其所无事也。"欲图天下之大功，而不知行其所无事，其害有不可胜言者。嗟夫！近世之论，徒区区于三十六浦间，或有及于松江，亦不过疏导目前壅滞，如浚蟠龙、白鹤汇之类，未见能旷然修禹之迹者。

宜兴单锷著书，为苏子瞻所称。然欲修五堰、开夹苎、干渎以截西来之水，使不入太湖；殊不知扬州薮泽，天所以潴东南之水也，今以人力遏之。夫大水为民之害，亦为民之利，就使太湖干枯，于民岂为利哉？太史公称"河灾衍溢，害中国也尤甚，唯是为务”。禹治四海之水，而独以河为务，余以为治吴之水，宜专力于松江。松江既治，则太湖之水东下，而余水不劳余力矣。

或曰：《禹贡》“三江既入，震泽底定”。吴地尚有娄江、东江，与松江为三；震泽所以入海，非一江也。曰：张守节《史记正义》云：一江西南上太湖，为淞江，一江东南上至白蚬湖，为东江；一江东北下，曰娄江。本言二水皆松江之所分流，《水经》所谓长渎历湖口，东则松江出焉，江水奇分，谓之三江口者也，而非《禹贡》之三江。大抵说三江者不一，惟郭景纯以为岷江、浙江、松江为近。盖经特纪扬州之水，今之扬子江、钱塘江、松江并在扬州之境，书以告成功；而松江由震泽入海，经盖未之及也。

由此观之，则松江独承太湖之水，故古书江、湖通谓之笠泽。要其源近，不可比拟扬子江，而深阔当与相雄长。范蠡

曾经让归有光忧虑的吴淞江

云，吴之与越，三江环之。夫环吴、越之境，非岷江、浙江，松江而何？则古三江并称无疑。故治松江，则吴中必无白水之患；而从其旁钩引以溉田，无不治之田矣。然治松江必令阔深，水势洪壮与扬子江埒，而后可以言复禹之迹也。

这是一篇讨论如何防治吴中水患的文章。它的着眼点在于治水，在于通过治水而得到水之利，主要申述了疏浚吴淞江的意义——“治松江，则吴中必无白水之患”。

归有光一直生活在吴淞江下游地区。母亲周孺人出身于一个殷实人家。外祖父曾经是太学生，几个兄弟家境都比较富裕。周家世居吴家桥村——距离昆山县城30里路，靠近吴淞江的一个村子。虽然不必为柴米油盐而担忧，但周孺人总是操劳着家务，勤俭持家，常在荧荧灯光下忙到半夜才睡觉。隆冬季节，家里需要取暖，生炉火时所用的煤炭留下许多碎屑，她舍不得丢掉，让仆人做成煤团，放在台阶下晒干备用。

最让归有光无法忘怀的，是母亲对孩子的严格教育。

7岁时，归有光与堂兄有嘉一起进学堂念书。每逢刮风下雨，堂兄往往赖在家里，不肯去上学。归有光也想和他一起玩，可是母亲绝不允许他逃学留在家里，时时督促他认真读书。有时候她半夜睡不着，便把儿子从被窝里拖起来，让他背一遍《孝经》给自己听听。听到儿子背书背得很流畅，才露出满意的笑容。谁也没有想到，母亲因劳累过度，突然患病逝世了。她离开5个儿女时，只有26岁，而归有光只有8岁。

母亲16岁就出嫁了，一年后生下了女儿淑静，接着又生下儿子有光。她接连不断地生出孩子来，除了未成年就夭折的和流产的，她先后生下了3个儿子、2个女儿，几乎每一年都要生育，间隔的时间很短。次子有尚，居然怀胎12个月才生下来。女人的负担与痛苦，她实在经历得太多。生下最小的儿子有功后，她感到自己的身体状况越来越差，可是依然尽一切力量哺育他，让他健康成长。

有一位年老的女佣讨来了一个偏方，一天，她端了一杯盛有两只田螺的水，请周孺人喝下去。并虔诚地说，喝了这杯水，就再也不会接二连三地怀孕了。谁知，周孺人喝了以后，嗓子喑哑，竟什么话也说不出来。

归有光是一个早慧的男孩，不仅更多地得到了父母亲的关爱，也深感父母亲处世的艰辛。正因为如此，他懂事很早，甚至明白母亲的命运并不比早夭的婢女寒花强多少。归有光很像母亲周孺人，不仅是外貌，还有性格。他深深地钦佩母亲。当他用饱蘸情感的笔墨，记叙母亲在日常生活中的几件琐事，写下《先妣事考》时，已经是十多年以后的事了。那天深夜，他写完最后一个字，放下毛笔，竟禁不住与妻子一起，为母亲的早逝放声哭泣。尽管已经是成年人，他仍然为自己成了一个没有母亲的孩子而感到异常的悲伤。

显然是受到母亲的影响，归有光日后将“惠爱”作为自己的从政思想。他在为好友吴县县令魏用晦所写的《吴山图记》中说：“君之为县，有惠爱，百姓扳留之，不能得；而君亦不忍于其民。”县令的心中有“惠爱”二字，“其地山川草木，亦被其泽而有荣也”。

他明白，水乡既得水之利，也会受水之害。江河的下游地区，水患问题显得更为突出。由于关心本地的水利问题，他认真研究历史，调查现状，写下了多篇文章，强调疏浚吴淞江的必要。

他指出，历来的许多治吴中水患者，“皆莫得其源委”。源委在哪里呢？可以从吴中水患的现状和治水的历史两方面来回答。吴中水患的现状是“松江日隘”，“海口遂至湮塞”。这恰恰是“治水之过”，以前根本没治理好。治水的历史，他举了王溶和单锷的主张为例。王溶主张另开渠道，泄水入海；单锷主张筑坝拦蓄上游洪水，以免泛滥。归有光剖析了他们的主张，认为这样做非但无益，而且有大害。最后又举大禹治水，重点治黄河的成功例子，认为治太湖水患，应重点治松江河道，因势利导，才能费力少而收效大。

他的主张无疑是正确的。

江南财赋之地，原本十分富庶，却因为水利不修，聚敛无度，加上沿海地区倭寇频频入侵，弄得民穷财尽，怨声载道。归有光蒿目时艰，希望能够用文章唤起人们的良知。或许是他书生气太重，文章一开始就批评了历来的治吴中水患者，让人觉得抢眼，这么好的建议居然无人接受。可归有光毕竟是归有光，即使碰了许多软钉子硬钉子，难能如愿以偿，他仍锲而不舍。

随即，他又写下了《水利后论》，再次叙说兴修水利之途、理财救民之方，特别是强调了刘家港和黄浦江的重要：

> 如今之小江，尚有勬娘江分四五里而合者。则夫奇分而旁出，古娄江、东江之迹，或当自见。且如刘家港，元时海运千艘所聚，至今为入海大道。而上海之黄浦，势尤汹涌，岂能废之？

即使是今天看来，归有光的文章依然很有生命力。

“亭林经济，震川文章”，这句流传很久的民谚，显示了顾炎武和归有光这两位生活在吴淞江畔的名人对国计民生的关注。如果我们仔细阅读归有光的著作（包括论、序、行状等体裁），不难发现，不仅仅是水利，还有不少篇章涉及经济发展和社会生活，字里行间清晰地显现他对明代江南经济状况的分析，以及一位富有社会责任感的文学家的真知灼见。

“江南诸郡县，土田肥美，多粳稻，有江海陂湖之饶。然征赋烦重，供内府，输京师，不遗余力……富家豪民，兼百室之产，役财骄溢，妇女、玉帛、甲第、田园、音乐，拟于王侯。故世以江南为富，而不知其民实贫也。”(《送昆山县令朱侯序》)

归有光认为，江南因农耕而富庶。但过重的赋税与奢靡的生活方式，导致老百姓依然贫穷。他举了一个昆山许氏的例子，“虽为大官家，不一二世辄败。许氏自国初至今，居邑之柴巷，无改业，有屋庐之美，田园市肆之人，又以诗书绍续”。许氏家族自明初到归有光生活的嘉靖、隆庆年间，始终居住在柴巷（今柴王弄），长达200年，像这样的“百年富室”，实在是很罕见了。

明代的江南农村经济，出现了三类人群的分化，一类是资累巨万，一类是自给自足，还有一类则家无寸土。归有光在他的著作中，列举“世耕于马鞍山之阳”的陈氏、“居昆山之大慈”的张翁、“徙昆山之真义里”的魏氏，分析了他们致富的过程，全都是“家世孝弟力田”、“以耕农为业”、“力穑致富，甲于县中”。这些人集中土地经营，雇用了长工、短工、忙工，并注意改善水利土壤，亲戚间也相互协作，经营时具有很好的商业头脑和管理水平，“治数千亩如数十亩，役属百人如数人”，在地主中也可算是佼佼者。归有光对于雇佣劳动中的资本主义萌芽，给予很大的关注。他在《周子嘉室唐孺人墓志铭》中，曾记载周氏“与孺人耕田常数百亩，孺人日馌百余人”。周氏夫妇每天往田头给百余人送饭，可见他们经营的规模不小。

当时的江南农村，以种植水稻、小麦为主业，但也有人从事副业生产。归有光的一位朋友吴纯甫，“年四十四，始为南都举人。先生益厌世事，营城东地，艺橘千株，市鬻财自给”。能够拥有上千株橘树，自然资产不菲。而在昆山东部，今天的上海嘉定区，“连亘嘉定迤东沿海之地，号为冈身，田土高仰，物产瘠薄，不宜五谷，多种木棉。土人专事纺织”。归有光一生中有很长时间在安亭世美堂设馆授徒，培养了无数学生，他对于那儿种植棉花的情况是熟悉的。

归有光并非官员，他尽可以专心致志地教他的书，做他的文章，用不着管那么多的闲事。可是他却以极大的热忱钻研水利，一而再，再而三地向当政者申述自己的观点。即使几篇文章没有收到应有的效果，他也不会垂头丧气，有时反而更加执着。

这样的个性也许是遗传。

归有光曾在文章中记载，他的高曾祖父为人刚毅，必行己志，不为势力所怵。他的高祖父性格奇伟磊落，曾祖父则是一位恂恂爱人长者。归有光的血管里流淌着他们的血。他融合了他们的性格，孜孜矻矻地做着自己认为应该做的事，从不怕遭受冷遇。好在他在科举场上经历了太多的冷遇，练就了很强的心理承受能力。几篇文章没有收到应有的社会效果，他也没有垂头丧气。

时序到了隆庆三年（公元 1569 年），海瑞巡抚应天十府。正当他微服私访，了解民间疾苦时，苏州、松江、常州一带连日暴雨。常年失修的江湖渠堰容纳不下汹涌直下的洪水，四出泛滥，很多地方变成了一片汪洋，庄稼被淹，房屋也因洪水的冲刷纷纷倒塌。

海瑞数次冒雨外出察看灾情。他明白，这滔滔不绝的洪水是由太湖泛滥造成的。遭受灾害最严重的，要数苏州以东和松江地区。而这一带正是因为吴淞江长期不修，淤泥越积越多，阻塞了通道，太湖水不能畅通，才酿成了灾害。如果能及时疏浚吴淞江，给太湖水一个通畅的水道，眼前的灾害就完全可能避免。

这位重视水利、理解百姓疾苦的清官，读过归有光的《水利论》《论三区赋役水利书》和《水利后论》之后，发现这位文学家全然是含泪带血地陈述着真知灼见，字字句句莫不蕴含焦虑忧患和热忱企盼。海瑞的心被感动了。面对如此精彩的好文章，谁能不拍案而起？

海瑞从内心接受了归有光的建议，很快向朝廷呈报了关于疏浚吴淞江的奏疏，并且给工部尚书兼右副都御史总理河漕的朱镇山写了一封信件，急切地申述了自己的观点。

与此同时，勤政的海瑞夜以继日地筹划着吴淞江疏浚工程的具体安排。他一边认真思考归有光的论述，一边把亲自踏勘和走访乡间父老所得到的情况加以综合，用红笔在草图上标出各种符号，确定重点疏浚的部位。对动工前后将会遇到的各种复杂事项，也作了合理的筹划。在海瑞的主持下，朝廷采取“以工代赈”的办法，吸引苏、松一带的灾民们共同上工修江，使吴淞江疏浚工程很快就得以顺利完成，且大见成效。

清乾隆六年（公元1741年）四月，丁元正来昆山任县令。一到这里，他便去拜谒归有光墓地。他对震川先生评价极高：“先生固宇宙间不朽人也。”不久特意修复了归有光墓，并说：“其（归有光）所著《三江》《水利》等篇，南海海公用其言，全活江省生灵数十万。”还有什么能比这样的结论更让人热泪盈眶的呢？

大约在归有光谢世260年以后，江苏巡抚林则徐在巡视江南水利设施时，顺道去安亭游览了震川书院，心中颇有感触，于是为震川祠写下了这样一副对联：

儒术岂虚谈，水利书成，功在三江宜血食；

经师偏晚达，专家论定，狂如七子也心降。

归震川墓

上联指的是他为海瑞采纳的意见，在治理吴中水患时发挥了很大的作用，下联指的是归有光的文学成就。一个明代散文作家能做到这样，确实是很不容易的了。他不是坐在书斋里泛泛而谈的书生，所钻研的学问足以经世致用。

诗句中的吴淞江

源远流长的吴淞江，是泄水通道，是灌溉总渠，是航运大脉，维系了无数人的生命，更承载了久远的文化。

古往今来，生活于此、过往于此、沉醉于此的无数诗人墨客，为之写诗作赋，尽情吟咏滔滔江流和它孕育的美丽景色。如杜甫的歌咏“吴门转粟帛，泛海陵蓬莱”，杜牧的赞叹“风波烟雨一相失，夜泊江头心渺然”，白居易的“震泽平芜岸，松江落叶波。在官常梦想，为客始经过”……所有这些作品，在江南文坛上留下了不可磨灭的印迹。

让我们再来看看宋代晁补之的《吴松道中》：

一江春水

晓路雨萧萧，江乡叶正飘。天寒雁声急，岁晚客程遥。鸟避征帆却，鱼惊荡桨跳。孤舟宿何许？霜月系枫桥。

清晨，船儿在吴淞江上起航。正是水乡风声萧萧，落叶飘飞的深秋。孤舟、雁行、飞鸟、惊鱼、霜月、枫桥等意象，将航程中的所见所闻所想贯穿在一起，营造了一派凄冷而感伤的氛围。

诗人乘船飘泊于吴淞江，一路行来，身与境遇，随兴而发，随感而咏。昨天傍晚下了一场大雨，清晨依旧是秋雨霏霏，水乡满天飘舞着落叶。诗人不由低头思量自己，大雁飞翔，尚且能回到南方，可我呢？一年将尽，旅程却还很遥远。为了排遣乡思，他留心观看船的四周，发现了两个耐人寻味的景象，一是“鸟避征帆却”，一是“鱼惊荡桨跳”。这跟自己的心情是何等切合。今夜，孤舟该宿于何处呢？一轮霜月下，他看见了久负盛名的枫桥。诗人一见到枫桥，立即兴致勃勃地嘱咐船家将船系在桥下，今晚将夜宿于此，以一抒幽思。

宋代蒋堂的《吴淞江》，与此异曲同工。但诗人在字里行间所流露的情绪，却是豪爽多了：

江人见我谓谁何，行李无羁野意多。
六幅青帆趁潮去，一樽白酒扣舷歌。
沙边历历辨云树，岛外溅溅弄月波。
兴尽归来还更喜，舞鸥相送入烟萝。

还有明代姜玄的《早春吴淞江小泛》，仿佛是一幅信手渲染的水墨淡彩画：

江边头白老为渔，手弄莲舟任所如。
不尽香风吹碧杜，雨山横黛夕阳初。

尤其值得一读的，是西晋张翰的《思吴江歌》：

秋风起兮木叶飞，吴江水兮鲈正肥。
三千里兮家未归，恨难禁兮仰天悲。

张翰，字季鹰，西晋著名文学家，吴人。晋惠帝太安元年（公元 302 年）官至大司马东曹掾，父亲是三国东吴的大鸿胪张俨。张俨死后不久，东吴就被西晋所灭，作为亡国之人的张翰虽然有才华，善于写文章，但是身受亡国之痛，佯狂避世，不愿意受礼法约束，恃才放旷，很像曹魏时放荡不羁的阮籍。阮籍曾经担任过步兵校尉，世称“阮步兵”，所以当时人就称张翰为“江东步兵”。

张翰无意于功名，却也鬼使神差似地去洛阳做了几年官，觉着很不适应。当时“八工之乱”初起，齐王对他有笼络之意，张翰更加感到不能久留。“见秋风起，乃思吴中菰菜、莼羹、鲈鱼脍，曰：‘人生贵得适志，何能羁宦数千里以要名爵乎！’遂命驾而归。”（《晋书》本传）这首诗，正是表达了他的莼鲈之思。

悲凉的秋风，最容易触动人们的节序之感和念远之情。秋，意味着岁暮的到来，使人觉着时光的流逝、流年的虚度。秋高气清，万木萧萧，又让人不由自主生出人在何方、家在何方之叹。他发觉，在洛阳羁留的时间太久了，很想念家乡风物。鲈鱼，是吴淞江的特产，滋味极其鲜美，秋天正是鱼肥的季节。“三千里兮家未归，恨难禁兮仰天悲。”思归不得，郁闷致恨，这种恨怎么也压抑不住，于是仰天悲叹。

张翰的归思是矛盾的，既有放达情性的一面，又有惧祸避乱的一面。很多人从视功名若敝屣的角度来理解他，赞扬他辞官回乡的行为，莼鲈之思成为厌弃仕途、思念家园、向往自由生活的一句成语，一直流传到了今天。其实在很大程度上，是说出了许多不得志的读书人的心声。

晋人颜幼明，也曾以吴淞江为题，写过这样一首诗：

百尺竿头路已穷，
寻思无计转飘蓬。
只知钓上鲈鱼白，
不觉翻身入浪中。

颜幼明，山东人，历仕征虏记室，晋驾部郎中，诏平南参军。据《资治通鉴》第一百三十六卷记载，“南齐平南参军颜幼明等聘于魏”，即前往北魏访问。这首诗出现在《灵棋经》一书中，是对其中一个卦象的释辞。诗以吴淞江水急浪高为背景，来说明危机四伏的世相，寓意颇为深邃。

唐代诗人皮日休一诗《吴中苦雨因书一百韵寄鲁望》描写的吴淞江，常常为人们所引用：

全吴临巨溟，百里到沪渎。
海物竞骈罗，水怪争渗漉。

狂蜃吐其气，千寻勃然蹙。
一刷半天墨，架为欹危屋。
…………

全诗很长，称一百韵。这几句，描写吴淞江的江面广阔、鱼类资源丰富，显得十分大气。诗题所寄的鲁望，就是与之齐名的诗人陆龟蒙。陆龟蒙，字鲁望，长洲甫里（今苏州吴中区角直镇）人，别号天随子、江湖散人、甫里先生，曾任湖州、苏州刺史幕僚，后来隐居松江甫里。

皮日休，字袭美，自号鹿门子，又号间气布衣、醉吟先生。晚唐文学家、散文家，与陆龟蒙齐名，世称“皮陆”。今湖北天门人。因为皮日休在咸通年间出佐苏州幕府，与陆龟蒙结识，并由此形成了一个诗歌唱和群体。皮、陆有唱和集《松陵集》十卷。

在唐诗中，张祜的一首《松江怀古》也很有气势。诗曰：

碧树吴洲远，青山震泽深。
无人踪范蠡，烟水暮沉沉。

吴淞江所处的太湖流域，人们在6000年前就筚路蓝缕，开创了长江文明的历史，过着饭稻羹鱼的生活。商末周初，这里就是吴国所在地，苏州被称为“吴”即由此而来。震泽，是太湖的古名。吴淞江江岸碧草春树，苏州城遥遥在望。满目青山，湖水浩荡，泛舟的诗人，不禁感慨，范蠡久杳，无人能觅，只剩下眼前这沉沉暮霭下的苍茫烟云。

范蠡追随越王勾践，惨淡经营，运筹谋划二十多年，终于灭了吴国，一雪会稽之耻，成就了勾践的霸业，被拜为上将军。盛名之下的范蠡，却很清楚勾践的为人，长颈鸟喙，可与之共患难，不可与之共享乐。因此，在关键时刻，他悄悄地带着随从，乘舟浮海而去了。

范蠡，春秋末年政治家、军事家。他出身微贱，但聪敏睿智、满腹经纶，文韬武略，无所不精，被称为中国商人圣祖。但他最为人称道的，还是急流勇退，不恋功名，泛舟五湖的远见卓识。

这位才智过人的越国大臣，对勾践的为人洞若观火。在功成名就之际，他辞别了越王，乘坐一叶扁舟，出三江，入五湖，谁也不知道去了何处。其实，人称陶朱公的范蠡并没有走远，先是去了齐国经商，接着又在太湖畔的蠡口养鱼——换了一种活法。

离开了政治舞台的范蠡，理智地趋避了一场“狡兔死，良犬烹；敌国灭，谋臣亡”的灾祸，把自己的全部智慧，都倾注在养鱼经商中，在浩瀚的湖水间找到了实践人生价值的又一片空间。不久，他就拥有资财万千，“家累亿金”，实在是财大气粗了。而且，这位陶朱公还认真地总结了自己的养鱼体会，写出了一本《养鱼经》。连他自己都没有想到，这部养鱼专著会被后人称为“世界之最”。

他在《养鱼经》中记叙了水中蓄养的方法：圈六亩地开挖鱼池，池中有九洲，求怀子鲤鱼二十条，牡鲤鱼四条，于农历二月上旬逢庚的日子投入鱼池。池水必须很安静，鱼才能良好生殖。到四月，投一鳖于池，六月投二鳖于池，八月投三鳖于池。投下鳖——甲鱼——是为了看守池鱼。范蠡将鳖称作“神守”。鲤鱼在池中交尾产卵，又环绕九洲不停地游动，仿佛在江湖中一样悠闲自得。到了来年二月，鱼就长大了。可以得到一尺的鲤鱼一万五千条，二尺的鲤鱼一万条，三尺的鲤鱼四万五千条。他仔细算了一笔账，如果每条鲤鱼值钱五十的话，可以收入一百二十五万。到下一年，捕获的鱼更多。除了留下两千条做鱼种，其余都卖掉，得到的钱几乎是第一年的四倍。

范蠡有着极好的商品经济头脑。“候至明年，不可胜计也。”只要管理得法，每一年的投入产出都会大大超过上年。

一时间，人们纷纷仿效，养鱼之风盛行。太湖流域的鱼米之乡，人们种稻养鱼，“舳舻相属，万里连樯，溯回沿流，或渔或商”，渔业十分发达。许多地方的人们竞相以鱼池的多少来论贫富，而太湖的众多鱼类珍品，成为帝王指定的进贡之物。

范蠡以卓著的业绩，成为太湖水产养殖业的开山鼻祖。

这首诗的作者张祜，出身望族，世称张公子，为唐代著名诗人，在诗歌创作上成就卓越。他早年流寓苏州，才华出众，却纵情声色，放浪形骸，长期怀才不遇，始终未仕，终老布衣，潦倒而死。

念昔西归时，晚泊吴江口。
回堤逆清风，淡月生古柳。
夕鸟独远来，渔舟犹在后。
当时谁与同，涕忆泉下妇。

这是宋代诗人梅尧臣的《忆吴淞江晚泊》。

历来的评论家认为，梅尧臣的写景抒情诗，常常意境新颖，饶有情趣，能别具剪裁，捕捉新颖的刻画景物形象的句子。从这首诗，也看出他对吴淞江景物的独特感受和对个人命运的勾连。

欧阳修认为，梅尧臣诗歌的成就，是与他的贫困生活有密切关系的。梅尧臣官小家贫，能接近苦难的人民，看到广阔的现实，写出来的作品，就有真切的感染力。

故国今何在，扁舟竟不归。
云移山漠漠，江阔树依依。

晚色千帆落，秋声一雁飞。
此时兼送客，凭槛欲沾衣。

这是许浑的《泊松江渡》。许浑，晚唐最具影响力的诗人之一，后人甚至把他与诗圣杜甫相媲美，有“许浑千首湿，杜甫一生愁”的说法。在这首诗里，我们从诗人描绘的吴淞渡口送别客人的情景中，感受到他的家国情怀，山河心绪，也不难体味江阔水远，依赖扁舟往来的吴淞江，当年是怎样的交通不便。

也许正是如此，架在吴淞江上大名鼎鼎的垂虹桥，前人为之写下的诗词就多而又多。

王安石、米芾、苏轼都曾留下过赞美的诗篇。姜夔的《过垂虹》独有意味，为众人传诵：

自作新词韵最娇，

吴淞江垂虹桥遗址

小红低唱我吹箫。
曲终过尽松陵路，
回首烟波十四桥。

宋绍熙二年（公元 1191 年）冬日的一天，漫天飞舞的大雪刚停，诗人拜访朋友后辞归，江流载白雪，船过垂虹桥，歌姬小红唱起了诗人所赋的新词，而诗人以洞箫与之相和，不知不觉中已经过了松陵镇。回首望去，只能看见烟波缥缈中的座座画桥了。

姜夔的词作中，有大量的作品是咏梅，或者是描述与梅有关的事物。年轻时，诗人在合肥赤阑桥畔认识了两位妙龄女子，一个名叫红萼，一个名叫绿萼。不久，姜夔离开了合肥，再也没有回去，这两名女子，相隔天涯，成了他一生的痛。在相思中，他写了大量的诗词来怀念这段感情。如《鹧鸪天 · 元夕有所梦》一诗中写道："肥水东流无尽期，当初不合种相思。"这成为他对情人的相思绝唱。船过垂虹，小红娇羞，新人旧情交织一起，怎么能不令诗人沉醉其中？

从淞南到墨海

上海人似乎都有语言天赋。

在独具个性的上海方言里，“拎得清”是一个含义极其丰富的词语。所谓“拎得清”，就是熟谙各种游戏规则，既不侵犯别人的利益，也能保护好自身的利益，小气而不贪婪，精明而不阴险，自私而不损人。“拎得清”的上海人，活得既辛苦，也潇洒。既追逐时髦，紧跟潮流，也勤俭节约，享受生活。

在跟别人打交道时，上海人也有特定的词汇。例如“朋友，帮帮忙……”这意味着在有可能产生矛盾时，彼此尊重各自的文化背景、语言和传统习惯，大家都相互给一个面子，又尽量相互调适，调侃之间，不失大度心态。无疑，这是一个五湖四海各色人等汇聚一处的城市人口结构的必然产物。

华洋杂处

华洋杂处，最大的困难和障碍是语言不通，于是出现了“洋泾浜英语”——掺杂了许多上海语音的英语。它最初运用于商贸场合，但很快渗透到各个层次的社会群体中。洋泾浜英语并不规范，却通俗易懂，颇有实际效用，所以流传十分广泛。

上海说唱艺术家姚慕双，曾经演过以洋泾浜英语为题材的节目，很受观众欢迎。他用宁波话背诵上海人学英语时的歌诀，背得越是流利，越是让人觉得滑稽：“来是康姆（come）去是故（go），廿四铜钿吞的福（twenty four），是叫也司（yes）勿叫拿（no），洋行买办江摆渡（comprador），小轮船叫斯汀吧（steamboat）。雪堂雪堂请侬坐（sit down），烘山芋叫扑铁托（potato）。爷要发茶（father）娘卖茶（mother），丈人阿爸发音落（father-in-law）……”

清同治十二年（公元1873年），上海《申报》连载了杨勋的《别琴竹枝词》100首，介绍了当时上海洋泾浜英语的情况。其中之一写道：

清晨相问谷猫迎，
好度由途叙阔情。
若不从中肆鬼肆，
如何密四叫先生。

“谷猫迎”即good morning，早晨好。“好度由途”即how do you do，你好。“肆鬼肆”即squeeze，敲诈。“密四”即mister，先生。今天读来，不能不令人哈哈大笑。

这种洋泾浜英语，有不少今天还在运用。比如“角落山姆”，在上海方言中的意思是全部、统统，一点也不剩。其实它是外来语“all sum”的洋泾浜读法。“一塌刮子”和“角落山姆”是同义的，但“一塌刮子”是本地土产，跟英语没有关系。“今朝这桩事体，真正是昂三！”“昂三”(on sale)，英文原意是指便宜货、劣质货，引申出来的意思是品行不端或办事不顺。“枪势”，是英语 chance 的音译，意思是机会、机遇。上海人常常说“趁枪势”，形容乘机、借机。“轧闹猛”的“轧”，其实也是英语 get 的洋泾浜用法。它可以和很多名词组合，如“轧朋友”“轧姘头”等。“嗲”，是英语 dear 的译音，含义为亲爱的、可爱的，由此引申出撒娇、疼爱、千娇百媚等意思。

扑克牌是舶来品，欧洲人最初设计扑克牌时，只有 52 张，代表全年 52 周。黑桃、红心、梅花、方块，分别表示春、夏、秋、冬四季。一百多年前上海人开始玩洋纸牌，叫它“圈的温”(twenty-one)，后才叫“扑克”。大王和小王两张牌，上海人喜欢叫“大怪”“小怪”，还有一种独特的玩法“大怪路子”。玩了扑克，就不想再碰麻将牌了。

“那摩温”(number one)，意思是第一，最大者，上海解放前常常用来称工头。由于沪剧老艺人杨云霞在《星星之火》中成功地塑造了工头“那摩温”，这一形象影响很大。拍成电影后，在苏浙沪一带影响更大。“那摩温”这个洋泾浜词汇，也随之四处流传。

清代末年，由于时局变动，西风东渐，读书人的谋生方法，在以往的授徒、游幕、行医、问卜、经商、售画的基础上，出现了更多的样式，包括编刻书籍、受聘报刊、作文获酬等等。也有的读书人，甚至有机会直接进入外国人办的书馆任职。能够懂得外国人的语言，学会翻译（当然不仅仅会说洋泾浜英语），显然是一件最大的谋生本事。

在所有以语言为生的人中，王韬是最成功的一个。

被称为东西文化交流第一人的王韬，原名利宾。先祖居住在昆山，从他的祖父起，家族迁移至角直（今属苏州吴中区）。母亲姓朱，出身于昆山锦溪镇一个诗礼之家。王韬 5 岁时，母亲就给他口授字义，讲许多古人的节烈故事，对他影响不小。他自称“少承庭训，自九岁迄为童，毕读群经，旁涉诸史杂说，无不骇贯。一生学业悉基于此”。

王韬

《漫游随录》是王韬的一部游记集。他以时间为序，追忆一生的游踪，其中之一，记叙了他赴昆山县试时登临玉峰山的情景。那天考试后，他兴致很好，与朋友大游玉峰山，登上百里楼，“御风而行，衣袂飘举”。在玉峰山绝顶处，他迎风披襟，大喊“快哉，此大王之雄风也”。

王韬 18 岁时到昆山应县考，以第一名的成绩考中秀才，进入县学。但他仕途不顺，后来至金陵应试落第，这对他的刺激很大。无奈中，他去母亲的老家锦溪镇设馆教书，致力于经史之学，交了好几个朋友。并且写下了这样的诗句：

寂寞锦溪路，萧条淞浦滨。
橐笔情无限，捻书愿未真。
交游长契阔，世事剧艰辛。
地僻客朋少，村深风俗醇。
检点诗篇富，登临景物新。

…………

尽管在古镇锦溪教书是寂寞的，吴淞江南岸的景象是萧条的，然而，他的人生由此迈开了第一步。也许正是如此，王韬一直喜欢说自己是昆山人。他在《答潘伟如中丞书》中自称："韬，南武之鄙人也。"《蘅华馆日记》封面也自署为"南武王瀚"。南武（或武城）是昆山的一个别称，王瀚则是他考中秀才后改的名字。

清道光二十九年（公元1849年），锦溪和甪直一带洪水泛滥，农田受灾，教书收入随之减少。恰恰以教席维系五口之家生活的父亲王昌桂，又于六月间不幸病逝。王韬曾有3个哥哥，可是他们在幼年时都染上痘疾，10天之内接连死去。生活的担子不能不落到王韬肩上。幸好在这时，王韬接到了英国传教士麦都斯的邀请，随即去往上海，进入墨海书馆，参加编校译书工作。

为洋人打差，这份工作对于当时的读书人而言，并不是很体面。何况，他也不太喜欢比苏州落后的上海。他在文章中这样写道："盖海滨之民，气质刚劲，举止率卤。读书子弟亦皆俗氛满面，绝无深识远虑可与谈者，宜为其所讥也。"上海人似乎很粗俗，谈不上高雅和精致。然而王韬没有别的选择。他需要经济的支撑，墨海书馆给他支付的工资，足以令他摆脱生活的拮据。

到上海后，他才发现那里跟苏州不一样。王韬有机会广泛接触西方的科学文化和思想方式，也能通过翻译，向人们介绍西方科学文化。墨海书馆的差事，他一做就是13年。

晚清时，随着言论逐渐开禁，各地办报蔚然成风，租界林立、华洋交错的上海更是领风气之先。《苏报》《大公报》《申报》《益时报》等报纸纷纷创办。《申报》最初是在同治年间由英国商人创办的，延请绍兴人何桂笙、上海人黄梦畹任主笔。

王韬也曾受聘于《申报》，间或撰写时务策论，颇受读者青睐。《申报》销量大增，很快成为上海举足轻重的大报。其他一些报纸也因为鼓吹革命，深受民众欢迎。

但到了清同治元年，他不得不亡命香港，从此改名王韬，从事著述、翻译和办报活动，经历了人生的急剧变化。

这是上一年冬日他回到被太平军占领的家乡后引起的。当时，清军缴获了署名“黄畹”为太平天国出谋划策的文字，认为是王韬所写而追捕他。他依靠英国领事逃亡到香港。由于长期在外不能回家，乡思迫使他后来不否认此事，然而他一再解说，那不过是一个策略，希望清朝政府能允许他回到故乡。谁知，这个愿望一直到晚年才得以实现。

中国新闻史上第一份以政论著称的《循环日报》，就是王韬在香港创办的，并自任主笔10年之久。他在《循环日报》上发表了800余篇政论，鼓吹中国必须变法，兴办铁路、造船、纺织等工业以自强。

王韬的变法维新政论，经世安邦之才，颇得曾国藩、李鸿章、丁日昌、盛宣怀等洋务重臣的赏识，李鸿章在致上海道台的信中说：“昆山王君，不世英才，胸罗万有，沦落香港，殊为可惜，执事能为我招致否？不惜千金买骏骨。”孙中山先生经郑观应介绍拜访王韬，后来两人时常有书信往来。王韬在给孙中山的信上，有“若有所命，愿供驱使”的语言，足可见他也有志于革命。

咸丰四年（公元1854年）八九月间，王韬曾受聘于麦都斯、慕维廉两位牧师，在松江、华亭、吴江、太湖洞庭山以散发小册子的方式传教。他的《蘅华馆日记》每天都有记载。

5年后的咸丰九年农历二月，王韬在日记里写下了这么一段：

> 十有六日丁巳（3月20日）清晨，同恂如、雨亭、岭梅买舟至玉峰，午刻始到……予上岸瞥见人丛中有慕君维廉在焉。口授指画，娓娓弗倦。因迂道避之，于小桥边茶寮啜茗，习之凌君、静如严君皆来合并。继往新庙，见士女如云，观者如堵，皆来听慕君说法也。

原来，那天昆山举行科试，王韬正好也与朋友一起乘船去应考。没想到，传教士慕维廉抓住州县科试的机会，在拥挤的人群中露天宣讲教义，宣讲的对象就是那些青年学子。5年前，王韬曾经追随慕维廉牧师传教，如今在昆山街头又不意撞见慕维廉。为了避免尴尬，他急忙躲进小桥边的茶馆里，佯装和朋友闲聊，否则真不知道该如何解释。

王韬骨子里还是贮满了中国传统文化。

王韬的一生都与文字打交道。他的职业文人生涯，大体可分为三个阶段，一是在上海墨海书馆协助英国传教士麦都思翻译西方经典，二是在香港英华书院及赴英国协助理雅各翻译中国经典，三是在香港独立主持《循环日报》。独特的经历，铸就了独特的个人风格，他在中西文化交流中留下了鲜明的足迹。

王韬刚抵达香港，来到英华书院任职时，衣食住行多有不习惯，在给朋友的信中，他抱怨道："（香港）所供饮食，尤难下箸，饭皆成颗，坚粒哽喉，鱼尚留鳞，锐芒螫舌，肉初沸以出汤，腥闻扑鼻，蔬旋漉而入馔，生色刺眸，既臭味之差池，亦咸酸之异嗜。"

与在吴淞江畔的鱼米之乡相比，香港似乎并不令人留恋。但王韬天性不甘寂寞，随着环境的逐渐安定，他喜好交游饮宴的性格开始复萌，很快便在香港结识了不少新的朋友。在香港的朋友，大致可以分为两类，一类是在英国人的书院或公署中为传教士和领事工作的闽粤教友，另一类是江浙一带避居在香港的人士。

英华书院院长理雅各，注重于翻译中国名著，向西方介绍中国文化，他对王韬的到来非常高兴。在王韬的帮助下，理雅各翻译《中国经典》的工作进展十分顺利。《中国经典》出版后，在西方引起了很大轰动，理雅各因此获得了法兰西学院儒莲奖金，获得了爱丁堡大学法学博士荣誉学位，牛津大学还特聘他为第一任汉学讲座荣誉教授。其实，很多事情都是王韬帮助他做的。

在每译一部经典前，本来就有扎实经学功底的王韬，仍然坚持广辑博集，尽可能收全历代名家之说，加上自己的研究心得，作为译经参考，这对提高译书的质量产生了重要的作用。他先后为理雅各助译了《书经》《竹书纪年》《诗经》《春秋左氏传》《易经》《礼记》等。理雅各称王韬是他所见的“最博通中国典籍”之“中国学者”，并表示“不能不感激而承认苏州学者王韬之贡献”。

同治六年，理雅各回英国苏格兰探亲。由于不能在短期内返回香港，他便写信邀请王韬到他的家乡去，继续翻译《中国经典》。王韬本来就渴望漫游世界，开开眼界，当然也很想去领先于资本主义世界的英伦三岛实地考察一番，于是欣然答应。经过短暂准备，他就动身前往英国。

跨出国门，去欧洲作实地考察，王韬迈出了中国人走向世界的重要一步。此后，他在英国译书、游历达两年多。

沿途每到一地，王韬总是仔细考察当地的民俗风情，并将自己所见所闻所感，记录在他的《漫游随录》一书中。在埃及，他看到文明古国的衰落，无限感慨，认为这主要是闭关锁国和“不知变通”所致，中国应该吸取前车之鉴。在法国，他专门访问了法国著名汉学家儒莲博士，两人一见如故，共同探讨中国文化的翻译与传播问题。在英国，译书之余，他两次游览首都伦敦、三次游览苏格兰都城爱丁堡，眼界大开。他坐上了火车，切切实实地感受到了西方交通的高速便捷，他参观了电报局，看到了洒水车以及城市居民使用的自来水、煤气等公用设施，享受到了科学技术带给人们的高质量生活。

王韬对英国君主立宪的政体非常感兴趣，曾专门到英国伦敦国会议院参观，多次旁听英国下议院开会，目睹议员们自由表达对“大政重务”的看法。

王韬在英国的两年中，不仅接受西方各种新知，也大力传播中国文化。《中国经典》英译本出版后，在英国引起轰动，各大学、教会、民间团体竞相邀请王韬讲学。王韬还应牛津大学校长的邀请，有机会踏上了英国最高学府的讲坛。

这是有史以来第一位中国学者在牛津大学演讲。

王韬在演讲中谈到中英通商的历史。维多利亚女王遣人到广东，开始了英国的东方贸易，后来英国官员斯当东始学汉语，随后来华的英国人才通晓中国语言文字。王韬在演讲时说，希望中英两国能够继续和睦共处。他在对中西文化的异同作比较时，强调中西文化这两种特质各异的文化，本质是“同而异”。东方西方心同理同，历史嬗递，发展演变，最终将出现一个大同世界。

王韬在牛津大学的演讲，英人闻所未闻，听众无不鼓掌，同声称赞。后来，爱丁堡大学和各种团体也纷纷邀请他去讲学和参加各种活动，报纸上也有各种报道，欢迎这位“东方学者”。他的手书、诗词被当作珍品，他的相片和题诗被悬挂在伦敦画室。他吟诵古诗文时，英国听众说他的声音像金石和声。中国文化在西方得到那么多人的理解和欣赏，使王韬喜形于色。

王韬在英国尤其值得一提的活动，是呼吁禁烟。他利用一切场合广泛宣扬鸦片对中国的危害。有一天，英格兰海耳商会举行盛会，王韬应邀前往。他在握手行礼后，便与他们探讨中英商务贸易方法与趋势，王韬说："丝茶之外，英国对华商务中鸦片是大宗，丝茶贸易是正常的，有益于英国及其他国家，也有利于中国。鸦片则不同，除了英国得巨利外，中国有百弊而无一利，其害不可胜言。这难道是正常的公平贸易吗？这即是自称为仁义文明之国的大不列颠王国的正义之举吗？"王韬要求各位以仁义之心，出面呼吁禁止鸦片的种植和倾销。

王韬的呼吁，震撼了不少具有正义感的人士。一位英国下议院议员当场起立回答，应该设立一个公会，禁止印度种植生产鸦片，从根本上消除鸦片的危害。

交流是文化进步的重要手段。在明末开始的一轮中西文化交流中，首先被中国吸收的西方文化，是天文学、数学，然后是制造，这些都属于科学技术范畴。就拿天文学来说，包含着观念和计算两方面，先被吸收的是计算，观念的接受则要晚得多。中国人主动从观念形态上了解西方，是从王韬开始的。

在中国向国际展览局提交的申办上海 2010 年世博会的材料中，有这样的一句话：

"最早见识世博会的中国人名叫王韬，他亲历了 1867 年的巴黎世博会……"

王韬曾走进巴黎世博会会场，他目睹了西方工业文明所带来的种种新发明，惊叹道："世界博览会好比一场赛奇会、炫奇会，令人大开眼界！”

王韬的《漫游随录》中，有不少篇幅记载了丰富多彩的欧洲见闻。特别是他亲历了1867年的巴黎世博会，有如此记述：

> 盖此院之建，在一千八百六十六年，因将开设博物大会，特为万国陈设各物公所。……法驻京公使伯君于其中创设聚珍大会，凡中外士商有瑰奇珍异之物，皆可入会，过关许免其税。

有趣的是他还专门记载了一个广东戏班在世博会上演出的情景，“有粤人携优伶一班至，旗帜新鲜，冠服华丽，登台演剧，观者神移，日赢金钱无算”。广东人那时就把粤剧带到了法国。

第一届伦敦世博会会址水晶宫

在中国神话传说中，水晶宫是龙王的居所。1851年，英国举办首届世博会，会址选在伦敦的海德公园，居然以钢铁为骨架，以玻璃为主要建材，建造了一座水晶宫，作为博览会的举办场地，以展示进步和繁荣。当时的中国人把它翻译为“炫奇会”。王韬亲历了巴黎世博会后，寄旅伦敦，也参观了已经搬到伦敦郊区的水晶宫。他这样描写道：

> ……地势高峻，望之巍然若冈阜。广厦崇建于其上，逶迤联

翩，雾阁云窗，缥缈天外。南北各峙一塔，高矗霄汉。北塔凡十四级，高四十丈。窗栏槛，悉玻璃也；日光注射，一片精莹。其中台观亭榭，园囿池沼，花卉草木，鸟兽禽虫，无不必备……

王韬将水晶宫称为“玻璃巨室”，虽然没有机会参加伦敦世博会，在参观水晶宫后，他仍深感“光怪陆离，奇幻不测，能令观者目眩神迷”。

水晶宫实在很大，王韬一共参观了 4 天，每次买门票花费两个银钱。他每次早晨去，晚上回，都会在同一辆汽车上遇到一男一女。王韬以为他们是夫妇，彼此熟悉了之后，才知道他们是一对恋人，要等到一个月后，才通知亲戚朋友举行婚礼。即使是见多识广的王韬，也感到奇怪。因为在中国，哪儿都找不到这样自由恋爱的青年男女。

王韬在《漫游随录》中，还有关于伦敦博览院内画院的描述：“英人于画院之外，兼有画阁，四季设画会，大小数百幅悬挂阁中，任人入而赏玩，入者必予以画单，画幅俱列数号，何人所画，价值若干，并已标明。”他提到的“画会”，指的是世博会中的美术陈列馆。这里的“画会”除了展示，还提供一套相对成熟的交易流程，类似于今天的艺术博览会。

在中国近代观察西方的文字当中，博览会都成为记述的热点。在被称作政治寓言的梁启超小说《新中国未来记》和具有社会批判意识的吴趼人小说《新石头记》中，博览会都被视作强国和文明的象征。青浦人陆士谔甚至在他的幻想小说《新中国》里，借助梦境，虚构了宣统四十三年（公元 1951 年）上海浦东举办世界博览会的情形。“把地中掘空，筑成了隧道，安放了铁轨，日夜点着电灯，电车就在里头飞行不绝。”“一座很大的铁桥，跨着黄浦，直筑到对岸浦东。”梦境中的浦江大铁桥、地铁（电车隧道）、越江隧道等三大工程及其方位，竟然和现在的南浦大桥、地铁一号线及延安东路越江隧道出奇地相仿，令人惊叹。

然而，亲历世博会并写下精彩文字的第一人，还是王韬。

王韬还著有《淞隐漫录》（又名《后聊斋志异图说》《绘图后聊斋志异》）。这是一部刻印于光绪初年（公元 1875 年）的文言短篇小说集。各篇原发表在上海《申报》副刊《画报》，历时三年余。《淞隐漫录》的体裁和题材都仿照蒲松龄《聊斋志异》，但取材范围比《聊斋志异》还要广，包括多篇关于日本艺妓（《记日本女子阿传事》《柳桥艳迹》《桥北十七名花谱》《东瀛才女》）和欧洲美女（《媚丽小传》）的故事。《淞隐漫录》是王韬“追忆三十年来所见所闻，可歌可愕之事，聊记十一，或触前尘，或发旧恨……时与泪痕狼籍相间”。（《自序》）

鲁迅先生在《中国小说史略》这样写道：

> 长洲王韬作《遁窟谰言》（同治元年成）《淞隐漫录》（光绪初成）《淞滨琐话》（光绪十三年序）各十二卷……其笔致又纯为《聊斋》者流，一时传布颇广远，然所记载，则已狐鬼渐希，而烟花粉黛之事渐盛。

他认为，其中烟花粉黛之事多是王韬 30 年来亲身经历的，描写细致入微。

我们仅仅从书名《淞隐漫录》，也可以看出吴淞江对于王韬有着怎样的影响。

奇人宋耀如

宋耀如

宋耀如，出生在海南岛文昌县一个普通的小商人家里，原名韩阿虎。12 岁的时候，被在美国波士顿开丝茶行的舅舅带往美国读书，接受了西方教育。舅舅姓宋，结婚后没有子女，所以将韩阿虎立为嗣子，从此韩阿虎改姓了“宋”。

在美国波士顿生活几年后，宋阿虎开始懂事了，也许受到了周围人的影响，他信奉基督教，同时也日益显示倔强的个性。正因为如此，当养父见他渐渐长大，希望他学习商业经营以继承家业时，他根本没有兴趣。两人争吵了几次，年少气盛的宋阿虎终于离家出走，去美国海岸警备队缉私艇当了一名水兵，并改取了一个美国名字——查理·宋。

查理·宋从军队退役后，接受洗礼，正式成为一个基督教徒。不久，他先后进入圣三一学院、万德比尔特大学神学院学习，毕业后又参加了医学院的入学考试。他考试成绩名列榜首，将来完全可以成为称职的医生，教会却看中了这位年轻的基督徒，敦促他放弃医学院的学习。

原来，美国基督教监理会决定派遣查理·宋回到中国，去位于上海的布道区担任见习牧师。这一年的秋天，查理·宋终于回到了阔别 11 年的祖国。

回国时，他才23岁。在上海，查理·宋找到了两个分别在上海海关和电报局任职的朋友。他们曾经在美国一起留学，并且有着共同志向。大概是天赐良缘，不久，他结识了倪韫山牧师的女儿倪桂珍。后来，他们相互爱恋，结合成为夫妇，并且养育了宋霭龄、宋庆龄、宋美龄和宋子文、宋子良、宋子安6个儿女。宋家的这群儿女，在中国近代史上留下了难以磨灭的痕迹——这当然是后话了。

宋耀如夫妇与他们的子女

查理·宋在上海还结识了“吴中名士”、《万国公报》主笔沈毓桂。沈毓桂说：“你是中国人，为啥要取外国名字？我给你取个名字叫‘耀如’，让大家都来认识你。”

从此，他就开始用“宋耀如”的名字。

宋耀如与王韬也结识了。他知道，王韬是一个奇人，是第一部官话《圣经》的翻译者，是第一家华文日报《循环日报》的创办人，是第一家华商出版社中华印务总局的创始人，也是第一个登上西方世界最高学府牛津大学讲坛的中国人。他甚至还是第一个在中国报纸上登连载小说的人。

正是从王韬那里，他听到了临近上海有一个昆山。那儿是鱼米之乡，境内有阳澄湖、淀山湖、长白荡，河网密布，往来皆需舟楫。但信奉基督教的几乎没有。也许是巧合，宋耀如很快被派往这个美国基督教监理会中国教区最偏僻的牧境去传教。

由于布道区内部的种种矛盾，宋耀如被上海传道区教长林乐知（Young John Allen）所误会，不准他由见习牧师转为正式牧师，但他必须在林乐知的监护指导下，开展传道工作，并且受林之命迅速修建一座教堂。

对于昆山这个“最偏僻的牧境”，宋耀如一无所知。不过他仍然毫无异议地服从决定，决心以徒步前往昆山的实际行动，来证明自己开辟牧境的决心。

当宋耀如从上海徒步启程时，已经是隆冬季节，北风呼啸，雪花飘飞。他身上背了一个土布大旬袱，里面装了几种必备的西药，一路走，一路传经讲道。晚上随便找个地方蜷缩一夜，肚子饿了就向附近的居民乞讨糊口。他觉得，这样做正好可以磨砺自己的意志。

然而，当宋耀如从上海启程时，万万没有想到有一个人在暗暗地追踪他，并试图在半路上杀死他。

这个人，名叫朱铁掌。

当时，各地会党纷纷举行反洋教活动。朱铁掌受所在会党指派，身带凶器紧紧跟着宋耀如不放，准备找准机会，杀掉这一个“洋教士”。但朱铁掌最终却没有杀害宋耀如。他并非没有机会，也并非难以匹敌宋耀如，而是不忍心向这个善良的人下手。

一路上，这位“洋教士”风餐露宿，实在饿极了才向人求乞。

看见穷苦农民患病，他急忙把身上带的药给他们治病，不收分文。一天夜里，宋耀如无意中发现一个农妇跌倒在雪地里，昏死了过去。他毫不犹豫地上前，和她的家人一起抢救她。忙了整整一夜，农妇终于苏醒过来。一家人十分感谢，含着眼泪说要给宋耀如酬谢。但宋耀如谢绝了，他只要求喝一碗热粥，暖暖身体，然后继续上路。不过，这碗热粥也不白喝，临走时他还坚持要帮这户人家推一阵磨，作为报偿。

这一切，暗中跟踪的朱铁掌都看在眼里。

如果他要杀害“洋教士”，趁他半夜十分疲乏的辰光下手，根本不费吹灰之力。然而朱铁掌岂能忍心下手？他怎么也想不到，宋耀如竟然是这样的一个好人！

宋耀如一路走到嘉定县城附近的时候，又遇到了一件事。有一个穷人因为还不起租米，被逼得走投无路，只得纵身跳下河去，想一死了之。也许是他命中注定不该死，恰好被走在路上的宋耀如远远看见。宋耀如急忙奔跑过去，连衣服都顾不上脱，便跳下河去。天寒地冻，冰冷的河水浸透衣服，让人冻得浑身发抖。但是那个穷人总算被救上来了。宋耀如又冷又饿，刚一爬上岸，就昏了过去。

跟随在他后面的朱铁掌，把这一幕看在眼里，十分感动。如此舍身救人的好人，岂能杀害？他再也不顾自己隐藏的身份，一个箭步冲上前去，把宋耀如扛上了肩膀，拔腿就往嘉定县城奔去。

天下无巧不成书。正当朱铁掌扛着宋耀如快步奔走时，半路上遇到了倪桂珍乘坐的一辆马车。原来，倪桂珍正是从嘉定县城出来寻找宋耀如的。马车上，还有宋耀如的一位朋友。朋友得知上海道台不准宋耀如前往昆山传教，要派人杀他的消息，非常紧张，立即告诉倪桂珍，并和她一起从嘉定出发沿路寻找宋耀如。路上巧遇，见宋耀如的身体没有大碍，几个人都喜出望外。

不过朋友思忖片刻，还是觉得有些不放心，想劝说宋耀如暂时在嘉定避一下风头，过一阵再去昆山。可是宋耀如性格很倔强，执意要继续步行前往。倪桂珍十分理解他的心情，颔首说："那好吧，我和你在嘉定订了婚，再一起去吧。"

隆冬的一天，宋耀如和倪桂珍这对未婚夫妇，终于以基督徒特有的虔诚，一步一步地走进了昆山县城。

进入宾曦门，踏上昆山的土地，宋耀如感到浑身疲乏。但他没有急于为自己寻找安身之处，而是立即在街头开始传道。

哪儿想到，历来满足于旱涝不愁、衣食不缺的昆山人是保守的，对传播洋教的人尤其反感。当有人听说传教的两个青年男女还是未婚夫妻时，更加觉得有伤风化，非但不听宋耀如的传道，还用砖头、石块和唾沫来对待宋耀如和倪桂珍，令他们狼狈不堪。

尽管如此，虔诚的基督徒宋耀如仍坚持布道。他在人群中讲得声嘶力竭，却无人愿意静听。突然，嗖的一下，不知从哪里飞来一只铁梭镖，重重地击中了宋耀如的肩膀，顿时鲜血直流。始终护卫着他的朱铁掌四处寻找凶手，凶手早已不翼而飞。他连忙与倪桂珍一道，为宋耀如包扎好伤口，随即将他背到娄江边清洗身上的污秽。

傍晚，宋耀如终于住进了美国监理会在昆山城西购置的一所破房子里。房子十分简陋，几乎没有家具。陈旧不堪的门窗，缝隙里日夜寒风呼啸。加上人生地不熟，难免要忍饥受冻。倪桂珍则暂住在一个女同学的家里，她每日都到宋耀如的住处，帮他料理生活。两人相濡以沫，勉强地支撑下来。

在昆山传教的事情却一筹莫展。

这时候，朱铁掌突然前来拜访宋耀如。这次他不是一个人来，还带来一个秀才。原来，朱铁掌是来动员宋耀如参加反清秘密会党的。随行的那个秀才还宣讲起了顾亭林先生的反清壮举，并用“天下兴亡，匹夫有责”这句话来劝说宋耀如。宋耀如却坚持自己的信仰，反而向他们传播民主、自由、平等的思想。参加秘密会党的事，自然没有答应。

万万没有想到，由于朱铁掌是反清秘密会党的头目，竟为清政府所通缉。就在他们秘密会谈的当口，县衙探知朱铁掌正在宋耀如的住处，立即派人前来捉拿。

朱铁掌和秀才也算机灵，闻讯后立即匆匆离去，清兵却把宋耀如的住处层层包围起来，不准任何人出入，连倪桂珍也被阻挡在了屋外。包围了一天一夜，直到第二天，恰巧上海派两个美国籍传教士来昆山处理传教事宜，清兵看见洋人来了，吓得手足无措，连声赔礼道歉，才离开了宋耀如的住处。

然而，最大的难题依然没有解决。宋耀如接到林乐知的信，催他在昆山迅速重建一座教堂，经费却分文不给，要他自筹。宋耀如心里明白，要向百姓募捐筹建基督教堂，等于是水中捞月，或者说是准备再去挨几次泥块、砖石和唾沫，但他还是想试试。果然不出所料，不但一分钱没有筹集到，反而挨了很多骂。

宋耀如苦苦思索，知道教堂不会平地冒出来，必须自己动手建造。好多年前在美国，他曾学过晒制砖坯，对，还是靠自己的两只手。他凭着一股超人的毅力，独自到河边挖泥、搅拌，在屋前做起砖坯来。做到差不多够了，开始用生砖砌墙。哪里料想，一夜之间，坯墙就被人推倒了，很多砖坯被毁，或不翼而飞。宋耀如丝毫也不灰心，下决心再干。但结局与第一次一模一样。宋耀如依然不灰心，企图用“上帝”的奋斗精神来感动人，但一次一次地干，一次一次地又被毁。

看来，要用晒生砖的方式来建造教堂，已是不可能的事。

宋耀如冷静了下来，知道自己不能蛮干。他想起以前在养父那里曾经学到过一些做生意的经验，于是准备了一只小木船，来往于上海和昆山之间，经起商来。感谢上帝，不到几个月，他竟然赚到了很大一笔钱，不但足够建造一座教堂，还能为未婚妻倪桂珍买一架钢琴。

宋耀如很快在昆山造起了一座教堂。

凝望着饱含心血的新教堂，宋耀如差一点儿流下眼泪。他抓紧时间，准备举行开堂仪式。万万没想到，就在这天晚上，昆山几个士绅带领数百农民，冲到教堂里，将其一下子拆得片瓦不存。几天后，又有一群人在晚上冲进宋耀如的住所，把家具砸了个稀烂，把他打得遍体鳞伤……

即使如此，宋耀如仍然不愿离开昆山。

在这样的情形下，唯有朱铁掌能够帮助他。经过再三劝说，宋耀如终于答应暂时离开，去别的教区避一避风头。于是，朱铁掌护送着他，去了上海七宝镇。离开昆山前，他再三告诫上级牧师和昆山知县，不要对民众采取任何惩罚和报复行动。

宋耀如在七宝镇，一边传教，一边经商。用经商得来的资金，在当地筹办了一所教会学塾、一个儿童乐园及一间医药所。光绪十四年（公元 1888 年），宋耀如由见习牧师转为正式牧师。

后来，宋耀如在上海虹口景灵堂担任牧师。他的 3 个女儿——宋氏三姐妹也常常在景灵堂做礼拜。

有意思的是景灵堂位于虹口区昆山路。这条马路不仅以宋耀如传教过的昆山命名，景灵堂也与美国传教士长林乐知有关。在林乐知心目中，宋耀如是一个有资格取得美国国籍的中国人。尽管，宋耀如在林乐知手下任巡回传道时，由于薪酬问题以及各自理念的不同，两人曾产生了许多不可调和的矛盾。

昆山路，是一条东西向的马路，东起吴淞路，西至四川北路。由上海公共租界工部局于光绪八年修筑，总长400米，宽8.8米，最初道路用沥青浇灌。算起来，已有130多年了。

作为虹口区最早开辟修筑的马路之一，这里原本是苏州河（吴淞江）北岸的一片荒地。光绪八年，被美国基督教监理会传教士林乐知看中，将它圈为教会产业。

林乐知不仅是传教士，也被称为“旧上海著名的翻译家和教会教育家”。在促进“女学”——也就是女性教育方面，作出过不少努力。除了在八仙桥和吴淞路创办中西书院，还积极推动上海当年最有名的女校中西女塾的创立。这正是上海市第三女子中学的前身。中西女塾的教学，举凡格致、算学、地理以及宗教，都以英语教学，宗教课程是必修课之一。中西女塾开校时仅有5名学生，但后来却渐渐成为上流社会女性梦寐以求的镀金圣地。

林乐知的中西书院，后来迁往苏州，并入民国时期以法学闻名的东吴大学。

光绪二十六年由美国基督教监理会创建的东吴大学，其实是由苏州博习书院、宫巷中西书院和上海中西书院合并、扩建而成的。校址为苏州天赐庄。林乐知为董事长，董事会设在上海。1915年东吴大学法学院成立，就设在昆山路中西书院原址。

东吴大学法学院是当时中国唯一系统讲授英美法的学院，是中国最著名的法学院之一，为中国乃至亚洲贡献了大批国际法人才。1946年在远东军事法庭，参加东京审判的中国大法官、检察官、顾问等，几乎全部来自东吴大学法学院。

当时，昆山路马路北侧的中西书院变成了东吴法学院，南侧的校内礼拜堂则改建为正式教堂，为了纪念牧师林乐知，取名为“景林堂”（后又改名为“景灵堂”）。

景灵堂是一座砖木结构三层楼的教堂，能容纳一千五百余人，为当时上海最大的基督教礼拜堂。北立面和西立面的尖拱窗为哥特式，平面则是拉丁十字形，内部两层为礼拜大堂。

昆山路 13 号，还有一个昆山公园。

计算起来，这座公园也有一百多年历史了。

这里原来是一块无人理会的荒地。光绪二十一年，公共租界工部局出资向上海地方当局和外资土地投资有限公司购得了两片土地和水塘的所有权之后填平池塘，种树栽花，兴建有关工程。

最初，工部局是为了建造西童女书院。学校建成后，发现旁边还有好多空地，于是在空地上建起了公园，园内还有跷跷板、秋千等儿童游乐设施。

光绪二十四年六月初一（公元 1898 年 7 月 19 日），公园正式建成开放，规定成人带领必须受保护的幼童才能入园。但是华人不能入内。一直到 1934 年，才对所有华人开放，并正式改名“昆山公园”。

岁月荏苒。经历一百多年风雨，遭受了战争、“文革”等毁灭性破坏的昆山公园，恰如一位人情练达、世事洞明的老翁，依然站在昆山路上，娓娓地给我们讲述往昔的故事。其中有一个故事的主角，是一位名叫宋耀如的奇人。

宋耀如为了信仰百折不挠，执着不移，乃至甘愿付出自己的一切，显然是由他倔强的性格和超凡的意志决定的。当这样的性格基因在他几个儿女身上显现时，所产生的能量，便远远超出了想象。

莼鲈之思

人们对于家乡的思念，往往会借助食物来传递。

西晋时期，文学家、书法家张翰在朝廷中担任大司马东曹掾。他看到当时政治腐败，天下纷乱，觉得在这样的环境中，自己难免会遭受不测。于是，他以秋风渐起，心中思念家乡的鲈鱼、莼菜为借口，从京城洛阳辞官返乡，垂钓于江南水乡的一隅——周庄镇南湖畔。所以，南湖古名张矢鱼湖。

欧阳询书法名作《张翰帖》

张翰说：“人生贵得适志，何能羁官数千里，以要名爵乎？”又说：“使吾有身后名，不如即时一杯酒。”

欧阳修曾经为张翰辞官返乡的举动，写下这样的一首诗：

清词不逊江东名，怆楚归隐言难明。
思乡忽从秋风起，白蚬莼菜脍鲈羹。

其实，张翰的归隐并非难以言明。文化人的敏感和狡黠，使他不能不逃离政治的是非圈，以明哲保身。思念家乡的鲈鱼，为了大快朵颐，而离开自己在京城的爵位和锦衣玉食的生活，这理由似乎站不住脚，却又不失风雅。文化人与众不同的怪癖，容易得到别人的宽谅。张翰正是以这种模模糊糊的办法，在齐王司马冏面前搪塞了过去。他并不是不懂政治，正是因为脑子太清醒了，才躲避政治。

张翰的辞官，终究是个例。但从此以后，莼鲈之思成了人们思念家乡和故土之情的代名词。

张翰回到江南水乡，并没有像陶朱公范蠡那样，下海经商，成为一代巨贾，也没有留下《养鱼经》之类的专著。这位西晋文人，倒是写出了不少脍炙人口的诗文。他的一句诗"黄花如散金"，在唐代还被朝廷用来命题举士。他也有极好的书法功底，风格古雅朴实。据说，宋理宗时掌有实权的大臣贾似道，专门藏有张翰的墨帖《思乡帖》——居然也与莼鲈之思有关。

张翰思念的鲈鱼，是四腮鲈，尤其以松江秀野桥所出产的鲈鱼最为有名。鲈鱼常常由大海溯洄到松江的秀野桥附近，然后再分散到大大小小的河道中发育成长。据正德《松江府志》记载，秀野桥建于元时，原为木桥，明洪武年间改建为石桥。它的附近还有两座桥，一座叫秀塘桥，一座叫秀南桥，三座桥形成犄角，在沈泾塘、市河、黄祥港三条河流之上，三桥并卧，成为松江一景。

松江鲈鱼溯游能力强，喜欢激流奔涌的江水，古时候秀野桥下的沈泾塘面阔流急，石砌岸驳在漫长的岁月中受到江潮剥蚀，形成了大大小小的孔洞，恰是鲈鱼最好的栖息之处。江潮来袭时，沈泾塘和附近的水流汇集在秀野桥一带，潮涌回旋，鱼虾麇集，成了松江鲈最好的食料美饵，这个地方的鲈鱼得天独厚，生长状态极好。仲秋季节，鲈鱼从东海洄游入海，捕捞后做成鱼脍，味道特别鲜美。

历代文人曾为之写下了许多优美的诗句："西风十里松江路，不为鲈鱼不忍归"；"鲈出莼乡芦叶前，垂虹桥下不论钱"；"不信轻船来往疾，筠篮验取四腮红"。这些使鲈鱼名声大振，却将张翰的本意忽略了。

借莼菜鲈鱼来表达思乡之情的作品，还有崔颢的七绝《维扬送友还苏州》："长安南下几程途，得到邗沟吊绿芜。渚畔鲈鱼舟上钓，羡君归老向东吴。"白居易《偶吟》："犹有鲈鱼莼菜兴，来春或拟往江东。"皮日休《西塞山泊渔家》："雨来莼菜流船滑，春后鲈鱼坠钓肥。"

有趣的是，莼鲈之思在唐代还传到了日本。他们的国君嵯峨天皇，拟张志和的《渔夫词》，写了如下词句："寒江春晓片云晴，两岸花飞夜更明。鲈鱼脍，莼菜羹，餐罢酣歌带月行"。

江上往来人，
但爱鲈鱼美。
君看一叶舟，
出没风波里。

这是范仲淹的一首五言绝句。诗平白易懂，却蕴含哲理。江上来来往往饮酒作乐的人们，只知道品尝鲈鱼鲜美的味道，却不知道打鱼人出生入死与惊涛骇浪搏斗的危境与艰辛。范仲淹政绩卓著，文学成就突出，他倡导的“先天下之忧而忧，后天下之乐而乐”，从这首小诗中也清晰地体现了出来。

松江鲈鱼为人们所推崇，在三国时期就开始了。南朝顾野王的《舆地志》于“华亭谷”下云：“吴大帝以汉建安中封陆逊华亭侯，即以其所居为封，谷出佳鱼莼菜，又多白鹤清唳。”所谓“佳鱼”，就是鲈鱼。

颇能让人们记得的有趣鲈鱼故事，还是出自元末罗贯中所作之《三国演义》第六十八回“甘宁百骑劫魏营，左慈掷杯戏曹操”，那个后来被曹操追得满地跑的江湖术士左慈，成了魔术师，随意变出鲈鱼和什物，仿佛无所不能，弄得现场各色人等目瞪口呆。

小说中的这番描述，转录如下：

……众官大惊，邀慈同坐而食。少刻，庖人进鱼脍。

慈曰：“脍必松江鲈鱼者方美。”

操曰：“千里之隔，安能取之？”

慈曰：“此亦何难取！”教把钓竿来，于堂下鱼池中钓之。顷刻钓出数十尾大鲈鱼，放在殿上。

操曰：“吾池中原有此鱼。”

慈曰：“大王何相欺耶？天下鲈鱼只两腮，惟松江鲈鱼有四腮：此可辨也。”众官视之，果是四腮。

慈曰：“烹松江鲈鱼，须紫芽姜方可。”

操曰：“汝亦能取之否？”

慈曰：“易耳。”令取金盆一个，慈以衣覆之。须臾，得紫芽姜满盆，进上操前。操以手取之，忽盆内有书一本，题曰

《孟德新书》。操取视之，一字不差。操大疑，慈取桌上玉杯，满斟佳酿进操曰："大王可饮此酒，寿有千年。"

操曰："汝可先饮。"慈遂拔冠上玉簪，于杯中一画，将酒分为两半；自饮一半，将一半奉操。操叱之。慈掷杯于空中，化成一白鸠，绕殿而飞。众官仰面视之，左慈不知所往。左右忽报："左慈出宫门去了。"

操曰："如此妖人，必当除之！否则必将为害。"遂命许褚引三百铁甲军追擒之。

据北宋李昉的《太平广记》记载，吴地献给隋炀帝的贡品中，有一种鲈鱼的干脍，在清水里泡发后，用布包裹沥尽水分，松散地装在盘子里，无论是外观还是口味，都像新鲜的鲈脍。然后，把切过的香薷花叶，拌和在鲈鱼片里，用香薷花穗点缀，芳香宜人。这就是号称"东南佳味"的"金齑玉脍"。

但是在江南，烹调鲈鱼终究用鲜鱼。且不用刀剖腹，而是用竹筷从鱼口插入鱼腹，将内脏取出，洗净以后仍然放还腹中。最后，把它投入莼菜汤一起烹饪。这样，可以丝毫不损害鲜味。

其实，闻名遐迩的松江鲈鱼，广泛分布于太平洋西部、我国沿海及通海的淡水水体中，黄海、渤海尤多。它主要产于青岛、石岛、秦皇岛及舟山群岛等地，但由于产于松江的最为有名，所以被称为"松江鲈鱼"。松江鲈属鲈形目，杜父鱼科、松江鲈鱼属，鲈鱼体侧扁，嘴大，鳞细，背灰绿色，腹面白色，身体两侧和背鳍有黑斑。它之所以被称为四鳃鲈鱼，是因为两边鳃膜上各有两条橙黄色的斜条纹，似四片鳃叶外露。

松江鲈鱼是一种生殖洄游的鱼类。幼鱼于每年 4 月下旬至 6 月中旬由沿海溯河进入通海的河流中，在淡水中生长、肥育。11 月开始至翌年2月，成鱼陆续顺着河水入海，进行生殖活动。

显然，水流是造成鱼类被动洄游和主动洄游的主导因素。水流能把鱼卵和稚鱼带离出生地，形成成鱼回归性洄游。洄游鱼类的洄游，是它们的一种基本属性。如果洄游鱼类不能完成这种洄游或洄游受到阻碍，它们的生命周期将受到破坏，并影响群体的增殖，甚至危及物种生存。近代，松江鲈鱼逐渐减少甚至濒临灭绝，就是因为河道环境变化，鲈鱼无法进行正常的洄游，乃至遭受灭顶之灾。

足以与松江鲈鱼媲美的，是阳澄湖大闸蟹。

与鲈鱼一样，它也是一种生殖洄游的水生物。阳澄湖的螃蟹，就是去海水与淡水交汇处产卵，孵化出的幼蟹则经过吴淞江和娄江游入内湖渐渐长大。

阳澄湖，风景秀丽，环境优美。尤其以清澈的水面、丰饶的物产闻名于世。这里湖面开阔，水质清澄，水草丰茂，始终是螃蟹生长的理想之地。特殊的环境，使大闸蟹形成了与众不同的特点。

“未识阳澄愧对目，不食螃蟹辜负腹。”这是我将清代文化人李渔的两句诗改写后，给阳澄湖大闸蟹拟的一副广告联。随着蟹业销售网络的扩大，在各地流传。记得有一次去河南郑州，当地朋友在“白宫”请客，饭店的门楣上居然也有这副对联。

阳澄湖出产的大闸蟹，自古以来便享有至高无上的盛誉。多少年来，品蟹、赏蟹、咏蟹、读蟹……成为中国传统饮食文化最精彩的部分。人们不仅创造出琳琅满目的蟹宴佳肴，将它作为人生最美妙的享受，还由此衍生出许多关于螃蟹的传奇故事以及无数优美的诗文。

螃蟹对外界环境条件具有很强的适应能力，食物范围宽，饵料来源广，能够在多种淡水水域里生长，而且可以和鱼类混养，和水生作物共生，所以近年来人工养殖发展很快。出现了池塘养蟹、草荡养蟹、小型湖泊养蟹、围网养蟹、稻田养蟹等形式。

众所周知，阳澄湖出产的大闸蟹，历来是最负盛名的。章太炎先生的夫人汤国梨女士曾经写过这样的诗句：“不是阳城湖蟹好，此生何必住苏州。”她把人们对阳澄湖大闸蟹的喜爱，全都表达出来了。

阳澄湖大闸蟹以个大体重、青背白肚、金爪黄毛、蟹黄肥厚、肉质白嫩、滋味鲜美而享誉海内外。所谓“青背”，是指蟹壳成青泥色，平滑而有光泽。所谓“白肚”，是指它的脐腹甲壳颜色洁白晶莹，没有任何污泥斑点。所谓“黄毛”，是指蟹腿上的刚毛长而呈金黄色，根根挺拔。所谓“金爪”，是指蟹足金黄，坚实有力，即使放在玻璃上也能八足挺立，双螯腾空，脐背隆起，显得威风凛凛。

这样鲜明的特色，是别的螃蟹难以具备的。

以前，长江流域的蟹苗，最远能上溯到湖北宜昌附近地区，它们长途旅行的线路可达1500千米，散布面更广。可是从20世纪六七十年代起，随着沿江沿海地区不断兴修水利，大建闸阀，使螃蟹的洄游路线受到了影响，分布范围逐渐缩小，螃蟹的产量便明显下降。

在这种情况下，科技工作者思考，能不能用人工放养的办法，来帮助螃蟹的后代——蟹苗——搬家，让它们改变洄游习性，到更加广阔的水域里去成长呢？经过很多次的观察和实验，科技工作者发现，蟹苗离开河水以后，在100个小时内仍然能够成活。这100个小时，给蟹苗的捕捞和运输，提供了很大的余地。显然，只要海陆空运输相互配合好，蟹苗到哪儿都可以安全地运去。

蟹苗体形像透明的小蜘蛛，大小像一粒芝麻。一千克蟹苗平均有十五六万只之多。捕捞起来的蟹苗，要装入专用的蟹苗箱，并配备增氧设施，然后用汽车、轮船、飞机、火车及时运往各地。

实行人工放养，大大增加了螃蟹的产量。

放养的蟹苗成长迅速，一般两三天后即蜕壳变为幼蟹。随后在湖塘河沟的泥土中掘穴而居，靠摄取水草、底栖生物、动物尸体和腐殖质等为生。当年它们就可以长到一二两，到第二年的秋天便成熟了。

人们在长期的实践中，摸索螃蟹洄游繁殖的规律，掌握了捕捞的汛期，又以科学的方法人工养殖螃蟹，使螃蟹的产量不断提高。我们从流传于民间的蟹谚，也可以看出传统的养殖方式已经出现了变化。

“秋风响，蟹脚痒”“寒露发脚，霜降捉着”，这些谚语说明螃蟹到了秋天，性腺成熟，开始洄游繁殖，渔民捕捞的季节就到了。现在，9月下旬才开禁下湖捕捞的规律，已被人工养殖方式打破。开始捕捞的时间，比原来提前了很多天。

“九雌十雄”“九月团脐十月尖”，这是讲9月里雌蟹抱卵，蟹黄饱满，10月里雄蟹脂膏丰腴，肉质嫩白，恰是捕捞的最佳时节，

阳澄湖大闸蟹

也是持螯赏菊的最佳时节。团脐和尖脐，是蟹肚上甲壳的形态，可以清楚地区分雌雄。如今，螃蟹的生长期有所改变，捕捞比以前提前了，肉质最鲜美的时间也比以前长了许多。

“蟹立冬，影无踪”，一般来说，过了立冬季节，就难以捕捞到螃蟹了，忙碌了一个蟹季的渔民们也应该歇息了。但是如果天气温暖，湖里生长环境良好，还是可以出现“小雪前，闹踵踵”的情景。现在，由于实施了人工放养，不仅仅螃蟹的产量提高，蟹汛期也大大延长。从前，假如要在春节期间品尝螃蟹，是一件极其稀罕的事情，但到了今天，寒冬腊月里，我们也完全可能在阳澄湖畔品尝到鲜美的螃蟹。

靠山吃山，靠水吃水。水乡的饮食文化自然与鱼水密不可分。西方人一再评价“中国烹调是中国及其文化永恒的光彩”，而江南的水馐鱼肴，更是让美食家们叹为观止。

水馐鱼肴讲究五味、五香、五色调和。五味即甜、酸、苦、辣、咸；五香为茴香、花椒、大料、桂皮、丁香；五色为黑、白、红、黄、蓝。五色、五香、五味组合成精彩纷呈、争奇斗艳的百馐千肴。

然而，水馐鱼肴只有与文化人的意趣相结合，经由诗文传颂，上升到了文化的层面，才能享有经久不息的知名度。

鲃肺汤是一个典型的例子。

苏州一带的地方志中早已有鲃肺汤的记载，如“以木柿水浸肺胀大然后食之，味佳”等，但许多年来乏人问津。一直到抗战前夕，吴县木渎石家饭店的老板石和尚采取新办法，将鲃肺用刨花水浸泡，待两面均呈现弹性时，取出过水漂清，氽入烧烫的高汤，使之饱满而鲜嫩，生意顿时大有好转。

1927 年，于右任先生慕名来到石家饭店，品尝了鲃肺汤，并且为之赋诗一首曰：

老桂花开天下香，
看花走遍太湖旁，
归舟木渎犹堪记，
多谢石家鲃肺汤。

名士李根源也欣然为石家饭店题字，于是鲃肺汤名声大振，身价百倍，成为石家饭店的看家菜。

其实，所谓鲃肺，只是鲃鱼的肝。以鳃呼吸的鱼儿，怎么可能会有肺呢？以讹传讹，却没有人怀疑“鲃肺”是一种臆造。恰恰相反，还深受文人雅士们的欢迎。

民间的做法，是将鲃肝放入绍兴黄酒中浸泡去腥，锅内高汤配香菇、笋尖，烧开后氽入鲃肝，呈白色即可出锅。由于它肉质肥嫩，汤汁鲜美，入口即化，醇香满颊，慕名而来的食客络绎不绝。尤其是初夏蚕豆结荚时，鲃鱼被称为“蚕豆鲃鱼”，肉质极其鲜嫩；寒露季节，鲃鱼最肥，这时候“肺”做成的汤，浓得像牛奶一样。

不仅仅鲃肺汤，红烧鲃鱼也是一道风味好菜。厨师将鲃鱼背上开刀，磨去腹部小肉刺，除去内脏，将猪肉糜充填鱼腹，佐以青毛豆和姜醋葱，重糖红烧，收汁起锅，由于它色醇肉嫩，足以与螃蟹媲美。

按照李时珍《本草纲目》的说法，鲃鱼和河豚是一家。“其色淡，有黑点者斑鱼，毒最甚，不可食。”据说因为鲃鱼生活在内河里，河豚鱼生活在长江里，所以长相不同，且鲃鱼无毒，河豚有毒。这就给鲃鱼笼上了一层扑朔迷离的面纱。

农历小满前后，是籽虾上市的季节，一盘送上餐桌的虾子，油红透亮，每一只都蜷曲得很紧。剥去壳丢进嘴里，唇舌间顿时弥漫一股鲜味。这鲜味是纯真的，鲜香中还带有津津甜意。咬嚼中，肉质滑溜而颇具弹性，让人忍不住又伸出筷子。

相比螃蟹、甲鱼和黄鳝而言，虾毕竟文静得多。那些栖息在石缝间的青虾，飞快地游动胸前的无数对细爪，头上的长须，顺着水流飘曳，一切都像是透明的，在透明中渲染墨晕。难怪齐白石先生以虾趣为题材，留下了许多佳作。

顺便说一句，青虾还有一个非常诗意的学名：美丽长臂虾。

鳜鱼，巨口细鳞，有绿色的斑纹，肉质十分鲜美。据说它常常佯装死在河滩上，等到蚂蚁爬过来附满身体，就跃入水中，将它们一一吃掉。有时候它被蛇紧紧盘住身体，看样子很快要被缠死。谁知鳜鱼背上的鳍像刀子一样锋利，一个挣扎就将蛇身断成了几截。蛇并没有吃到鳜鱼，反而被鳜鱼吃掉。

黑鱼，人们都知道它具有很高的营养价值，是强身补体的佳品，可是以前却因花纹类似蝮蛇，形状可憎，气味腥恶，根本上不了台面。黑鱼的生命力十分顽强，而且生性蛮横，鱼塘里要是有了黑鱼，从此再也不会太平，许多小鱼要被它吞吃。难怪某些不受欢迎的人被称为“黑鱼精”。据说黑鱼的头上有七星，夜里浮出水面，许多鱼头向着北斗，行自然之礼。这与它们吞吃小鱼的习性，形成了鲜明的对照。

鲫鱼，是水乡一种常见的鱼。据古籍记载，出自本地水田中的鲫鱼最肥，到了冬季尤其肥美，所以素有“寒鲫夏鲤”的说法。稻田养鱼的传统也由来已久。鲫鱼有成群结队在水中游动的习性，人们便按照“相即而行”的理解，给它取了鲫鱼的名字。

鱼中的珍品还可以举出很多种，诸如鳗鱼、鳝鱼、甲鱼、编鱼、塘鳢鱼、河豚鱼等等，每一种都有鲜明的特征，是足够写出一本词典来的。阳澄湖水质清澄，湖底板结，即使是最普通的螺蛳，也比别处鲜美，且没有污杂。

据《苏州府志》记载，在吴中水乡泽国，历来有着品种繁多的渔具，用于捕捉各式鱼类（包括螃蟹）。唐代吴中诗人陆龟蒙，曾经写过一首著名的《渔具诗》，赠酬于客居苏州的好朋友皮日休。皮日休在读过《渔具诗》以后，击节赞叹，随即写出了《渔具十五咏》，与之唱和。接着，两人又各添《渔具诗》五首，相互酬唱不绝。

他们在诗中吟咏的渔具，包括网、罩、钓筒、钓车、鱼梁、鱼叉、射鱼、沪、种鱼、药鱼、舴艋、鱼庵、钓矶、蓑衣、箬笠、背篷等很多种，让人看得眼花缭乱。这些渔具有不少已经失传，但基本的捕鱼方式至今没有变化。

陆龟蒙还是一位将稻作与文学结合得十分完美的文学家。他曾经亲自经营农业，留心农事，对江南水乡的农具种类、结构和耕作技术有深入的了解。记述江南地区农具的专著《耒耜经》，就是他在访问老农和实际观察的基础上写成的。陆龟蒙还写下了许多反映农事活动和农民生活的田家诗，诸如《放牛歌》《刈麦歌》《获稻歌》《蚕赋》等等。他的诗句今天读来仍饶有情趣：

遥为晚花吟白菊，近炊香稻识红莲。
何人授我黄金百，买取苏君负郭田。

提起水馐，我们不能不说说茭白、莲藕、水芹、芡实（鸡头米）、茨菰（慈菇）、荸荠、莼菜和菱。它们是吴淞江的特产，被誉为“水八仙”。作为传统食物，“水八仙”大多在秋天上市。

张翰的莼鲈之思，不仅牵挂鲈鱼，还惦念莼菜。莼菜有着滑腻腻的茎和叶子，富含胶质。生长时它卧在水面上，一副不胜娇羞的模样，上了餐桌却总是与上佳的荤菜作伴。

一个繁体的“蘇”字，草头下左边是鱼，右边是禾，透露了苏帮菜的渊源。鱼米之乡，食材是老天爷赠予的。只要手脚勤快，谁都可以做到一日三餐有鱼虾，差别仅在于鱼虾的品类、大小。从前的农家孩子，放学后在沟渠里摸一串螃蟹带回家，根本不稀罕。

我至今仍常常思念虾糟，那是祖母的手艺。

做虾糟，要用一种长不满三分的小虾（俗称赤虾）。将适量的糯米蒸熟，趁热拌入洗净的赤虾里，再加入黄酒、姜末、花椒和盐。等待七八天，虾糟就成了。橘红色的小虾与雪白的饭粒相互映衬，并掺有淡淡酒香，用来烧鳑鲏鱼，看见了就令人食欲大增。

虾糟主要是用来做佐料的。出生在周庄的南社诗人叶楚伧，先是任《民国日报》总编辑，后来在国民党政府任职。当年他有机会回到古镇，觉得如能吃到虾糟烧螺蛳头肉，就觉得很满足。人的境遇千变万化，味蕾却还是最愿意与故乡亲近。费孝通先生晚年从北京到苏州，除了鱼虾，还常常要点一份油氽臭豆腐，感受60年前的味道。

饮食习惯是自幼养成的，久而久之，能渗入性格深处。苏州、上海历来不出将军武士，生物学上的原因，是人们满足于鱼腥虾蟹家禽家畜，也不嗜烈酒。“君状亦觥觥，可啖健牛百”，雄健的体魄来源于饕餮，一个善于分辨世间万物，并用胃来消化任何兽类的民族，永远将开拓和征服写在高扬的旗帜上。吴淞江沿岸的人们，从来不诉诸武力，不以体格的强悍为标志，而是笃信智慧与灵性、才华与技巧，以软绳捆硬柴，在很大程度上是水土造成的。

吃相、坐相、走相等等，被称为肢体语言，与水土也有关系。只看举手投足，也能估摸一个人的出身。

扯远了，还是回到烹饪的层面。我一直相信，食材第一，佐料第二，厨艺第三。阳澄湖大闸蟹只须清蒸或水煮，足可大快朵颐，连戒腥的姜醋都能免除。精心做成牡丹芙蓉蟹、蟹黄银鼠鱼、鱼皮蟹肉馄饨等等，盛放在精美绝伦的瓷器里，端上餐桌，无非是为了提升附加值。有几次看苏州松鹤楼、王四酒家和南园宾馆的特级厨师作表演，他们果真是“食不厌精，脍不厌细”，可以用鳜鱼的肉做成馄饨皮子，把豆腐干丝切得像头发一样细，让点心犹如花鸟虫鱼栩栩如生。耗费大量时间换来的色香味形，自然无可挑剔。然而，天下享受者能有几人？

事实上，当年康熙皇帝下江南，在苏州除了观看昆曲，就是品尝白嫩的春笋。鲜味、香味、咸味融成一片的“腌笃鲜”，很对这位善于接受汉文化的帝王胃口。

“腌笃鲜”至今仍然是苏沪一带深受欢迎的家常菜。

与口音一样，生活在吴淞江沿岸的人们，性格温和而又精打细算，饮食口味讲究糯软甜美，远离辛辣刺激，是断然不敢将一勺火红的辣椒油丢进镬子的。小巷深处的家常便饭，荤菜常红烧，蔬菜多生煸，花钱不太多，却很实惠。而不像广东人那样，永远把煲汤放在头条位置，然后是大版的生猛海鲜。

浓油赤酱，是苏帮菜多年来坚持的风格，放冰糖或白砂糖时决不手软，连酱色也是用糖炒出来的。如果只想用红酱油（老抽）来染色，档次就不高了。一盘衬着碧绿金花菜的酱汁肉，肥而不腻，酥而不烂，油光锃亮，香气扑鼻，很能让家庭主妇赚足面子。即便在没有电冰箱的年月，酱汁肉也能存放两三天。浓油赤酱，从本质上讲是一种节俭的方式。这跟腌鱼、腌肉、腌菜苋、腌萝卜的道理是一样的。

苏州人甚至会腌桂花、腌玫瑰花、腌梅子、腌橄榄，自然不是用盐，而是用糖。不但免于变质，还获得了与原先迥然不同的滋味。

读过沈复的《浮生六记》，我们可以发现，芸娘象征着苏州女人的灵性和聪慧。她们不故意去追寻高深玄妙的东西，而是想爱什么就爱什么，精致而又本色地生活。

生活的优裕，容易催长奢求，哪怕受到各种局限，芸娘们仍然千方百计地享受自然的馈赠。这体现在传统苏帮菜，十分讲究时令菜肴。在苏州，即使是平常人家，也懂得什么季节尝什么时鲜。比如清明前后要吃酱汁肉、青团子、白鱼、莼菜。黄梅季节孕籽的青虾是最肥美的，"六月黄"可以做成面拖蟹。秋天，茨实和菱、藕、荸荠之类上市，"水八仙"大显身手。到了冬季，则以白切羊肉、羊肚汤暖胃。

逢年过节，吃更是永恒的主题。表现这个主题的手法，老祖宗早已传授，比如年夜饭的餐桌上，必须有红烧蹄髈。否则，一场戏就缺少了主角。还要用鱼来讨"吉庆有余"的口彩。至于春暖花开时，买不起鲥鱼和刀鱼，不妨吃鲃鱼和塘鳢鱼。清明时节，是"清明螺，抵只鹅"，水质好的河湖出产的螺蛳，格外受欢迎。螺蛳价廉物美，可以与葱、姜、酱油、料酒、白糖一起爆炒，也可以拌、醉、糟、炝，非常可口。一过清明，螺蛳壳里孕育了大量小螺蛳，口感就逊色了。

每一种食物都有味道最好的时节，一旦时节过了，就不再鲜嫩，滋味也会大打折扣，哪怕是一两天也差不起。假如今年有哪种应时菜肴没吃到，不少人就会叹息，似乎日子过得不舒畅，留下了难以弥补的缺憾。

"以乐侑酒"，是指在宴会中用音乐歌舞助兴，这种风气由来已久。明代中叶昆曲进入鼎盛阶段，尤其是达官贵人纷纷设立家班，

宴饮娱乐厅堂化的时候，以乐侑酒之风格外盛行。“唤到尊前非侑酒，爱他吴语似乡音。”（黄景仁《秋夜燕张荪圃座》）

家班，即家庭戏班，由达官贵人私家蓄养童伶，延师教习，为家庭演戏宴客之用。家班产生于明代嘉靖、万历年间，繁荣于天启、崇祯年间，一直到清乾隆中叶以后才渐渐衰落。

苏州菜肴花色品种极多，《桐桥倚棹录》中保存了一份虎丘酒楼“满汉大菜和汤炒小吃”的菜单，有140种之多。真正可口的却不是大鱼大肉的名贵筵席，而是老百姓家里的“家常菜”。《红楼梦》里贾府所吃的“油盐炒枸杞芽”，原本是极普通的菜肴，经过苏州厨师的烹调，登上了大雅之堂。又如清初名妓董小宛自制的红腐乳、盐菜、火肉、风鱼、醉蛤、醉鳍鱼、油鲳，都以“慧巧变化为之，莫不异妙”。

船宴、船菜和船点，是江南饮食文化的精华所在。船宴历史悠久，极盛于清代。清代的船宴一般在沙飞船上举行，船舱中绮幕绣帘，窗明几净，桌椅都以紫檀木镶嵌大理石制成，门窗多雕刻黑漆粉地书画。陈设有自鸣钟、镜屏等精美器具。船宴从早上开始，先品香茗，佐以瓜子、蜜饯、糖果等茶食，接着开午餐，这是便筵。下午仍用茶点，至晚上张灯时才开“正筵”。食单为“四粉”（四种糯米粉点心）、“四面”（四种面粉点心）、“八冶盆”、“十三道正菜”、“三道甜点”，最后是一小碗燕窝汤。正筵可以一直吃到半夜。其间行令猜枚，热闹非凡。

船菜的特点是船娘主持烹事，她们身手敏捷，制作精细，洗割烹治都在后艄进行。每道菜肴都讲究色、香、味、形，连名称也都富有文化艺术气息，例如“珠圆玉润”“翠堤春晓”“赤壁遗风”“桂楫兰桡”“玉女晚妆”等，充分引发人们的想象。船宴中的点心也是精美绝伦，如“玫瑰松子石榴糕”“薄荷枣泥蟠桃糕”“鸡丝鸽团”“桂花糖佛手”，并做成鲜果、花卉、人物、动物形状，令人爱不释手。

但苏州人饮食中也有许多禁忌，有些禁忌还很令人费解。纵然是鱼类，一般场合都不吃鲤鱼，尤其是在婚宴上，因为鲤与离谐音，会显得很不吉利。但是在“接路头”“供三牲”时一定要用鲤鱼，鲤象征着利。盛在碗盏里的鱼，切忌翻身，这意味着“翻船”。许多人一辈子不吃长相怪异丑陋的东西，不吃未曾品尝过的陌生东西，不吃与自己口味相左的东西，挑剔得令人不可思议。

其实，这种饮食中的排外心理，是物华天宝的历史造成的。这片“红尘中一二等富贵风流之地”，自明清以来就是江南经济文化中心。人们有足够的理由以“衣被天下”的心态傲视九州，按照固有的模式，享受殷实的生活。苏州人不至于会侵犯别人，但往往不喜欢陌生人挤进门来，踩痛自己的脚背。

源自太湖的吴淞江，流到上海变成了苏州河。上海在刚刚走向繁华时，常常以“小苏州”自诩。上海的本帮菜，以红烧、生煸见长，这恰恰是苏帮菜的特色。上海人早晨喜欢吃“泡饭”，把隔天剩下的米饭加点水，放在锅子里烧一烧，佐以咸菜、酱瓜、乳腐，十分可口。苏州人称之为“饭泡粥”，甚而把说话唠叨的人也称为“饭泡粥”。开埠后，租界的繁荣和稳定吸引了大量外来人口。投机家和冒险家们带来了资本主义的经营方式，也带来了不同风格的生活。在吃泡饭时，也有面包、蛋糕和果酱了。至于正餐，上海菜吸取苏浙一带许多地方菜的特点，更引进了粤菜、川菜、湘菜、鲁菜名厨名店，兼及西菜、西点之法，发生了很大的变化。既别具一格，又品种多样。

这恰恰是海纳百川的精神在餐桌上的投射。

必须要说的是吴淞江两岸的人们自古以来将米饭作为主食。米饭，一种用稻米与水煮成的食物，是我们日常饮食的主角。一碗米饭，与五味调配，几乎可以供给全身所需营养。晶莹的大米，性平、味甘，有补中益气、健脾养胃、益精强志、和五脏、通血脉、聪耳明目以及止烦、止渴、止泻的功效。

大米的来源是稻作。稻作文化的影响，是久远而深刻的。

稻作究竟是在哪里起源？很多年来，国内外的自然科学、史学、农学家们对于这个问题各持己见，纷争不息。20 世纪 30 年代，苏联著名遗传学家瓦维洛夫，一方面肯定中国是世界上最早、最大的作物起源中心之一，一方面又认为中国的水稻是从印度传入的。日本学者星川清亲也说，水稻栽培起源于印度。另一位日本学者加藤，则将籼稻命名为印度型，将粳稻命名为日本型，这种观点流行一时。

然而，20 世纪 70 年代，浙江余姚河姆渡遗址出土了大量距今 7000 年前的稻谷遗存。这个发现十分重要。现实摆在面前，改变了水稻起源于印度奥里萨邦、印度支那的湄公河三角洲或中国的珠江三角洲平原沼泽地、云贵高原的说法。

20 世纪 90 年代后的考古发现一次次证明，水稻人工种植的源始不在别处，恰恰在中国长江中下游地区——迄今为止出土的一百多处稻作遗存，绝大部分是在长江流域、太湖流域、吴淞江沿岸。原始水稻田、灌溉池、碳化稻谷等等，揭示着稻作农耕的不同发展阶段。

亚里士多德说："没有食物，谁也无法生存。食物的不同，决定了各自生活方式的不同。"水稻比随时可以采摘的芋、薯、香蕉之类营养丰富，但它的播种、耕耘、收获，必须严格遵循自然规律。耕作者必须细心观察季节、气候、日、月、星辰等等的自然现象，根据变化来确定自己的农时。天文、历法、算术、符号和文字之类，由此渐渐产生。

所以，江南稻作地区的人们，温厚而不失精干，坦诚而不失机敏，柔韧而不失坚毅。从他们的谈吐和思维方式、服饰和走路姿势、风俗和生活习惯，都可以明白无误地看出，水稻对于人们的精神影响是无形的，却又是深刻的。没有哪种植物凝聚了人们如此多的心血，也没有哪种植物如此生死攸关。如果上升到理性的层面，可以发现，水稻渗透在了社会的各个领域。

时序到了今天，一切都变了。在吴淞江畔的许多地方，只要口袋里装着钱，人们都不用担心吃不到粤菜、川菜、湘菜、京广菜、淮扬菜或杭甬菜，而肯德基、麦当劳、意大利比萨乃至越南牙车快、韩国烧烤等等，都纷纷前来抢滩。肯德基广告中那位身穿西装、大腹便便、颇受孩子们欢迎的美国上校，也试图扮演饕餮者的角色。

人们变着法子将自己的餐桌搞得精彩纷呈。鹿肉、蚂蚁、蝎子、北极贝、象鼻蚌、深海鳕鱼、龙虾以及人工养殖的中华鲟，只要能想得到的食材，都可以空运而至。见到猪肉的机会却愈来愈少。孔子的“食不厌精，脍不厌细”，到了今天总算做到了。据说吃了红烧肉能够美容，女士们才敢下箸，而男士们则是为了健脑。但人们浅尝辄止，谁也不敢多吃，怕增加胆固醇，怕越来越胖。自身的形象问题至关重要。所以思维也开始逆向，宁愿为减肥而饿肚子——美其名曰“辟谷”，形成了一种时髦。

临近上海的苏州，这些年也发生着深刻的变化。尤其是新加坡工业园区和高新区的开辟，让外来人口激增。那些跨过海峡的台湾人，不仅投资企业，还千方百计营造让自己舒适的场所。提供乳肉饭和生鱼片的饭店，品尝高山云雾茶的红茶坊，引进新观念的美容美发厅和养生会所，以及上岛、蓝鸟、迪欧等形形色色的咖啡厅，在姑苏城内外的大街小巷冒出来。甚至薄利多销的便当也搬了过来。同时出现的是日月潭、合欢山、黄屿、花莲、彰化等让人耳熟能详的名字。无数来自异域的饮食风格令人眼花缭乱。

城墙早已围拥不住苏州。修缮以后的盘门和阊门，供人们旅游，只具有历史象征意义。

松江布

江南女子中有很多流芳百世的杰出女性。她们所创造的业绩，丝毫也不比男子逊色。出生在乌泥泾的黄道婆，即是一例。

南宋末年，是一个多灾多难的年头，战乱频仍，民不聊生。地处偏僻的松江乌泥泾，一年收获不了多少粮谷，农民的生计似乎比别处显得更为艰辛。老百姓为了谋求生路，不仅耕种粮食，还以种植棉花和纺线织布养家度日。

为生活所迫，黄道婆 13 岁就被卖给人家当童养媳，偏偏又遇上恶毒苛刻的公婆和蛮横霸道的丈夫。她白天下地干活，晚上纺纱织布到深夜，还时常受到公婆、丈夫的打骂折磨。在风刀霜剑中，她咬牙忍受了 5 年，养成了坚韧内向的性格。18 岁的一天，由于

松江布

过度劳累和身体虚弱，她织布速度慢了些，公婆、丈夫便以此为借口，将她毒打一顿，锁在柴房里不给吃饭，不让睡觉。她横下一条心，决心逃出去另寻生路。半夜，她在房顶上掏了一个洞，终于逃了出来……

在盲目的投奔中，她乘上一艘即将驶往中国南部边陲的海船，经过无数天的颠簸，这位只身远离故乡的村姑随船到了海南岛南端的崖州，从此便开始了不平凡的生活道路。

海南岛这个少数民族聚居的地方，由于气候和土质适宜，在 11 世纪（北宋中期）以后，就已经开始大面积植棉，以供人们穿衣之需。相对来说，当时内地的纺织业发展比较晚，加工技术如去籽、弹松，并条、纺纱等等，都比较原始落后。尽管内地人意识到棉布“比之蚕桑，无采养之劳，有必收之效，埒之枲苎，免绩缉之工，得御寒之益。可谓不麻而布，不茧而絮”（王祯《农书》），但由于内地的棉花产量不高，布匹质量低劣，还不能成为人们的主要衣着用品。而当时海南岛一带生产的棉织品，品种繁多，织工精细，质量、色彩均居全国之首，仅作为“贡品”进入都城临安的各类棉布就有 20 余种。心灵手巧的黎族妇女，还能够织出坚厚的兜罗棉，番布、吉贝等纺织品，染成各种色彩的黎单、黎饰等，跨过海峡，远销全国各地。

一路辛苦，黄道婆终于踏上了极其陌生的“天涯海角”。

这里是一片草木盛放，海天宜人的热土地，清新灼热的空气迎面扑来，拂去了她心头的不安惊恐，黄道婆为自己远离樊笼，来到这自由自在的海岛而欣喜。

崖州岛上的黎族百姓，十分同情这位年轻女子的不幸遭遇，他们伸出热情而朴素的双手，接纳了这位从远方漂泊而来的孤苦伶仃的汉族姐妹。言语不通、习俗不同，这些都难不倒备尝折磨的黄道婆，她很快适应了岛上的环境，每天日出而作，日入而息，躬耕自给，过着虽清贫却平静的生活。

黄道婆所居住的水南村，位于古崖州城左侧，是一个鱼米之乡。即使在残冬时节，仍处处繁花似锦，鸟声啁啾。村外，油棕林、橡胶园郁郁苍苍，高耸入云的红棉，开放着火焰般的花朵；流经村边的宁远河萦绕回转，缓缓流入大海。到处是绿树婆娑，花果簇簇，槟榔摇曳，椰树挺立。

黄道婆在黎族同胞悉心传授下，熟悉了各道制棉和织布的工序。心灵手巧的江南女子，融合了家乡织布技术的长处，逐渐成为有着精湛技艺的纺织能手。她的棉纺织手艺为当地人们所称道，也使自己的生命灌注了新的活力。

黎锦，古称吉贝、崖州被、棉布，是黎族的一种特色花布，远在春秋时期就盛行，是中国最早的棉纺织品。黎族百姓采用木棉花蒴果内的棉毛、苎麻纤维，以及来自美洲和印度的海岛棉、巴西木棉、大陆棉和树棉等灌木类棉花，以织绣、织染、织花为主，以麻、棉分别做经线和纬线，用天然植物色素作颜料，纺织成一种特色花棉布——黎锦，精细、轻软、洁白、耐用，有“黎锦光辉若云”之誉。黄道婆在海南岛很快也学会了织造黎锦的技术。

日月如梭，物换星移。在天涯海角生活劳作的黄道婆，不知不觉度过了 20 多个春秋，当年的年轻村姑已成了中年妇女。中年之后，思乡之情最切，在工余休暇时，她常常独自一人徘徊海边，望着潮涨潮落出神，夜间则时常寝不成眠，梦萦家乡情景。“叶落归根”之情，终于促使黄道婆在元成宗元贞年间，身背“踏车椎弓”等纺织工具，搭乘顺道海船，踏上了北归的路途。

回到阔别 20 多年的乌泥泾，黄道婆热情地教乌泥泾人“做造擀、弹、纺、织之具”，“教人以擀、弹、纺、织之法”。她将黎族先进的生产经验与汉族传统工艺相结合，系统地改进了从轧籽、弹花到纺纱、织布的全部生产工序，并创造出新的生产工具，把自己掌握的精湛织造技术毫无保留地传授给了故乡人民。

做这些的时候，她怕是不曾想到，若干年后，萌发于苏州河畔的上海纺织工业，会成为长江三角洲乃至整个中国的龙头。

经过黄道婆的热心传授，乌泥泾人民能织出宽幅的被、褥、带、帨（一种佩巾）等多种棉纺织品，上面织出了传统的折枝、团凤、棋局等“粲然若写”的生动图案。“乌泥泾被”一时成为闻名全国的产品，人们竞相仿效，“尽传其法”，其产品蜚声各地。

“春蚕到死丝方尽，蜡炬成灰泪始干。”在风雨飘摇的岁月中历尽艰辛的黄道婆，把自己的一生全部奉献给了棉纺织业。她在故乡生活了没几年就离开了人间。当地百姓怀着崇敬、热爱的情感，集资公葬了她。一首在上海世代流传的民谣，表达了人们对这位杰出

黄道婆墓

妇女的赞颂和铭记：

黄婆婆，黄婆婆，
教我纱，教我布，
两只筒子，两匹布。

黄道婆去世后不久，松江一带就成为全国的棉纺织业中心，历数百年之久而不衰。明正德年间，当地的棉纺织业达到了高峰，所织出的棉布，一天就可达上万匹。承载松江棉布的船只，经由吴淞江（也有不少经由娄江）不断驶往全国各地。甚至还有棉布出口到欧美国家，赢得了很高的声誉。从此，中国人逐渐改丝麻衣料为棉布衣衫，棉织业迅速在全国发展起来。

"衣被天下"的松江布，蕴含着黄道婆这位棉纺织革新家的心血和精力。难以想象，假如没有黄道婆，江南人祖祖辈辈的"衣"将会比别处落后多少年……

"日月星辰山龙华虫作会，宗彝藻火粉米黼黻絺绣。"

这是《虞书》上的一段话。我们从中不难看出，早在虞舜时代，处于原始氏族社会向奴隶社会转化时期的人们，就懂得了如何将大自然中的日月星辰山龙华虫，描绘在衣服上，将日常生活中所看到的美丽花样，绣在细葛上，以显示身份的尊贵。每当氏族部落举行宗教仪式，祭拜天地神灵时，祭师或宗教首领就穿上这种"衣画而裳绣"的礼服，神情异常庄重地主持仪式。

这正是刺绣的滥觞。

刺绣，描山画水，灼灼其华。既然山河成为绣在衣服上的壮美图案，那么锦绣河山——以锦绣来形容山河，也就顺理成章了。

在寻找吴文化渊源的时候，人们总会讲述这样的故事：当年，周太王古公亶父有意把王位禅让给小儿子季历。他的大儿子泰伯和二儿子仲雍为了成全父王这种突破常规的做法，借外出采药为名，毅然从遥远的渭水流域，跋山涉水，来到了江南太湖流域。

泰伯和仲雍来此做的第一件事，就是断发文身。

文身的图案，当是蛮夷部落的图腾——鱼纹或鸟纹。既然他俩遵从当地的民间习俗，刺镂上同样的文身，就意味着要与这里的老百姓打成一片，再也不回到渭水之滨去了。身上有了这样的“纹章”，他们在蛮夷部落中也就畅通无阻了。

泰伯和仲雍将王位让给弟弟季历，还有一个被史学家们忽略的原因，是江南水乡对于他们而言有着难以抗御的吸引力。

他们在潜意识中感觉到，自己是良渚时代的吴越人的后代。

由于九星地心汇聚造成的特大洪涝灾害，很多生活在太湖流域的先民被迫迁移到了黄土高原，从此在渭水流域定居。

这正是考古学中的马桥文化时期。在上海县马桥镇出土的文物表明，这个时期有一个奇特的返祖现象：在良渚文化晚期出现的许多稀世珍品，包括玉器、带细刻图案的陶器、象牙器，在马桥遗址中都没有出现，这里只有一些粗陋的陶器杂件。原始文字的形器结构和表意方式，也比千年之前的良渚文字简单。

尽管如此，太湖流域这片肥沃的土地，那饭稻羹鱼、丝帛麻纺的日子，以及许许多多闪烁着无穷智慧的玉石礼器，在先辈们的声口相传中，始终有着极大的诱惑力——到先辈生活过的地方去开辟一块新的天地，每一个血性男儿都可能产生这样的雄心壮志。

于是，泰伯和仲雍心甘情愿地前往太湖流域寻根。

寻根说，是笔者对于泰伯奔吴原因的一种理解。文化认同才是最可靠的解释。否则，他和仲雍不远千里来到江南水乡，仅仅为了维护王权中心，理由似不充分。他们为什么不到其他地方去呢？选择别的地方同样能把王位让给季历啊！

泰伯奔吴，与当地的荆蛮人打成一片，被推举为氏族部落首领，一边开渠将泛滥的河水引向太湖，一边疏散河道，组成蛛网般的港汊，使水量得到合理控制。他们不仅在外表上断发文身，还起了一个字“孰哉”——在吴语中可理解为“熟了”。正因为他们完全与当地人打成一片，融合在当地人中间，才受到了拥戴。

文身，作为南方蛮夷部落的一种精神行为，无疑有着漫长的流传史。几千年过去了，直到现在，仍然有人将皮肤刺青作为美的装饰。

然而，筚路蓝缕的人们终究创造了服装，摒弃了兽皮和树叶。并且懂得服装对于人，除了遮羞和保护之外，还有装饰功能。文身的图案渐渐在服装上得到体现——既免去了皮肉痛苦，也增加了美感。

这样做的结果，是发明了刺绣。

源于文身的刺绣，在美与艺术的结合中闪烁着动人的光彩。

春秋战国时期，刺绣已经盛行。连打仗的军旗上也绣有姓字，让旗手高高举起，冲锋陷阵。楚庄王甚至给自己心爱的马“衣以文绣”。人就更不用说。“衣画而裳绣”成为当时的一种规定。

苏绣的诞生和繁盛，至少已有 3000 多年的历史。

南北朝时代的张率，曾经在《绣赋》中这样写道：

> 若夫观其缔缀，与其依仿，龟龙为文，神仙成象。总五色而极思，藉罗纨而发想。俱万物之有状，尽众化之为形，既绵华而稠彩，亦密照而疏明；若春湿之扬蔼，似秋汉之含星。已

间红而韵紫，亦表元而裹素；间绿竹与蘅杜，杂青松与芳树。

图形、花纹、光色、神采，张率以自己对苏绣独特的感受，描绘了这种精妙的艺术。是的，一件上乘的苏绣作品，是画师的心血和绣工的智慧的共同结晶，是大自然精魂的提炼和形神兼备的再现。我们需要用眼睛远观近赏，正看侧视，更需要用心灵去感受它所蕴含的魅力。

追根究底，刺绣依附于丝绸，而丝绸又是渊源于水的。

太湖流域雨水充沛，湿润温和，肥沃的土地非常适合水稻和桑树的生长。稻米和蚕桑，历来是水文化的标志。这里的丝绸织品，很早就闻名于世。人称“日出万绸，衣被天下”。连马可·波罗也在他的游记中谈到这里“产丝甚饶，以织金锦及其他织物”。这是刺绣产生的基础。而物产丰盛、景色宜人的温山软水，又将人们的性情陶冶得智慧而又柔和。

诞生于风物清嘉之地的刺绣，靠着人们的代代因陈、不断磨砺，逐渐走向了巍峨的艺术殿堂。

从艺术感觉看，刺绣也处处体现了水的神韵——水的澄澈、水的明丽、水的光晕浮动、水的柔美邈远，水的足以映照人世间一切形象的特征，都幻化为刺绣的针针线线，匀顺细密，平滑生光。这种丝与水的艺术，绵延数千年而不衰，连乡间的万千绣娘也能将它操持得十分娴熟，与其说是再现了水的精神，还不如说是水的精神已深深地渗透其间。

“夜市卖菱藕，春船载绮罗”的水乡图景，终究是迷人的。

古往今来，中国的衣服实在太繁复、太多彩了。无论是帝王、诸侯、卿大夫，在重大礼仪场合所穿的冕服，还是普通老百姓日常所穿的袄衫，随着时代的变迁和风尚的更迭，大有不同。仅就上衣而言，便有袍、袄、衫、襦、禅衣、裲裆等等区别，而下衣则有袴、裈、套裤和裙的区别，即使是裙也名目繁多、各显风姿。

有钱的贵族为了显示自己的身份，常常采用绫、缣、绸等轻软滑爽的衣料做衣服，并且在衣衫间绣上吉祥的纹饰，普通百姓却喜欢用麻布和葛布做衣服。

一个对服装心理学颇有研究的设计师告诉我，随着时代的变迁，今天的人们在面料搭配、美学形式、文化表达等方面，早已有了很大的改变。绫罗绸缎的许多传统编织技艺，后继乏人，正渐渐失传。盼望在保护非物质文化遗产的呼吁中，元气能有所恢复。

唯有人们对于美的追求，是亘古不变的。

蚕桑是江南人不可多得的宝物。不说上等的白丝，即使是桑枝、蚕沙、僵蚕、废丝、蚕蛹等，也可以作为副产品应用于日常生活，如用于制造打字的蜡纸、美容的丝素霜、丝绵、果胶等等。自然，养蚕最重要的功能是为了抽丝。江南的丝绸在全世界闻名遐迩。

与丝绸紧密相连的是苏绣。

在民间传说中，最早将文身的图案搬上衣服，以刺绣服饰将人美化，并免除人们皮肉之苦的，是仲雍的孙女女红。这位妙龄少女心灵手巧，能将丝线染成缤纷的颜色描绘猛兽的神态，并能按照自己的构思飞针走线。后来，人们为了纪念这位才女，把这种锦绣针刺的工艺也称为“女红”。日久天长，竟把她的名字取代了。

宋代，是苏绣发展的成熟阶段，除宫廷设有刺绣工艺的专门机构“丝绣作”外，许多妇女都学习刺绣。刺绣作品有用于服饰的，也有用于欣赏的，有自用的，也有作为商品出售的。与以往相比，宋代刺绣多注重追求绘画书法效果，有的还制成卷轴卷册。

当时的刺绣，已经从形似而发展为神似，注重刻画花鸟人物的神态，用线也十分讲究颜色。绣画的针线细密，不露边缝，针法也很讲究，主要有抢针、套针、网绣、钉绣、补针、戳纱、扎针以及盘金等。绣画的出现，标志着苏绣已经走向成熟。南宋，苏绣艺术随着宋室的南迁更加兴旺。就连苏州城内街巷的命名，也多与苏绣有关。当时苏州就有“绣花弄”“绣锦坊”“滚绣坊”“绣线巷”等巷名，巷内多居住着从事刺绣工艺的匠师。

明代，吴淞江沿岸几乎是“家家养蚕、户户刺绣”，苏绣成了一种群众性的家庭副业，不仅穷人家的女儿为了生计日夜忙于刺绣，就连富裕人家的闺秀们，也以此消遣时光，陶冶性情，更有人将苏绣视作一门艺术，专门学习。苏绣不仅在民间流传，在宫廷中也十分盛行，出现了许多富丽豪华、绣艺工整的绣品。

到了清代，苏绣吸收了明代出现的顾绣的部分技艺，并且在形式上加以变化、改进，其图案、针法、色彩、原料等方面得到进一步的发展，形成了独特的风格。

顾绣始于明嘉靖万历年间，是当时著名的民间绣种。顾绣的创始人是顾汇海的妻子缪氏和侄媳韩希孟。顾绣的作品针线齐整、配色精妙，在绣法上独具匠心。

苏绣正是吸取了顾绣的这些长处，与自身的风格相融合，以其用色和谐文静、行针平匀熨帖赢得了世人的赞誉。苏绣制品打入清代宫廷，宫室享用的刺绣品几乎都是苏绣。故宫博物院所收藏的众多的靠垫、坐垫、幔帐、椅披等绣品，有许多是来自苏州的。

在众多的苏绣名家中，沈寿是最有成就的一位艺术大师。

沈寿十六七岁就成为苏州有名的刺绣能手。后来嫁给苏州举人余觉。光绪三十年（公元 1904 年）慈禧太后七十大寿，沈寿绣成一堂八幅的《八仙上寿图》和三幅《无量寿佛图》献给慈禧，慈禧当众赞叹为“绝世神品”。

宣统二年（公元 1910 年），清政府在南京举办全国第一届南洋劝业会，张謇被任命为审查长，沈寿则是绣品方面的审查人。他们有缘在劝业会上初次相识。翌年，辛亥革命爆发，沈寿夫妇流落到了天津。恰逢张謇在南通筹建女子手工传习所，多次发信诚邀沈寿夫妇南下，沈寿终于来到南通。在这之前，沈寿就因绣《意大利皇后像》而获得意大利国王颁发的奖章和钻石金表。到南通后，她抱病赶绣由颜文樑提供画稿的《耶稣像》。这件杰作参加了 1915 年旧金山世博会，并荣获金奖。

吴淞江江畔的不少乡镇，如甪直、胜浦、车坊、唯亭等地妇女的服饰，不知延续了多少年，至今依然保持着原有的风貌：头戴三角包巾，身穿大襟纽襻布衫，腰束白作裙，外罩青束腰，脚蹬绣花百衲鞋。这种装束，不受洋装异服的影响而世代相传，被戏称为“少数民族”服饰，固然是与妇女们生活在河湖围拥的水乡，每天要上农船下水田分不开，但不可摇移的还是它的文化特质。

这无疑比丝绸、亚麻、化纤和刺绣更值得研究。

三角包巾，是水乡服饰的典型标志。包巾用一块精心裁剪的梯形布做成，戴在头上，仿佛一片卷曲待展的荷叶。年轻姑娘的包头巾总是用漂亮的花布做成，中年妇女常常戴黑底青角或蓝角的包头巾，上了年纪的妇女则戴全黑的包头巾。

包头巾不仅仅用来遮阳、避露、保洁，更重要的是为了装饰和美化自己。姑娘们往往在包头巾的中间缝上一条绒线编织的两端有绒线流苏的绳子，用绳子缚住头发，包头巾就定型了。在漂亮的包头巾衬托下，姑娘们年轻的脸庞显得分外秀美而又充满活力。

民间传说，包头巾起源于吴王阖闾时代。那时江南水乡普遍栽种莲藕。吴王看到湖中采莲的姑娘们为遮阳挡雨，随手摘片嫩绿色的荷叶折成船形，两头用竹片固定，戴在头上，感到十分有趣。于是让宫廷中的舞女也用绸布仿照荷叶的形状戴在头上，在磬乐的伴奏下翩翩起舞，非常妩媚动人。这种原始布头巾后来渐渐流入民间，成为今天的模样。

听起来，这似乎是后人的杜撰。但她们的服饰与在水乡的劳动、生活习惯密切相关，乃至浃肌入髓，成为性别和年龄的一部分，却是毋庸置疑的。

且看足以勾勒苗条身姿的上衣，衣袖狭小，甚至在握紧拳头时，手臂都有可能伸不进去，但这样在下水田时不会泥水乱溅。

下身的竹裙长仅齐膝，与时下的超短裙差不多。然而这是系在长裤之外的，庄重而不失活泼。竹裙的正中缝有一只大贴袋，袋里可以放针线和纳了一半的鞋底，也可以放毛豆、蚕豆之类的豆种。下田干活时，如果需要“方便”，只需找地方往下一蹲，竹裙自然张开为人遮掩，丝毫也无伤大雅。

美，是一个永恒的主题。传统而保守的服装，也充满了美感。水乡姑娘在竹裙外罩一条小束腰，既遮盖大口袋，又增强了竹裙的立体感。束腰两端各系一条绒线束带，两头连着五彩的绒线流苏，十分活泼可爱。至于竹裙本身，更是精致。三寸见方的裙裥，裥缝细密，裥上有色彩鲜艳的几何图形。连腰间的系裙带上，也绣有蝶恋牡丹之类的图画，繁复而又充满乡土气息。

快节奏的现代生活方式，给美注入了新的内涵。时髦与传统互相渗透、互相融合，改变着固有的一切。江南水乡的姑娘很愉快地接受了西服裙、喇叭裙、连衫裙，觉得这样更能衬出优美的线条，而在最新潮的时装模特身上，我们可以发现，她们大胆地吸收了乡土服饰的精华部分，让水乡特色和现代艺术巧妙结合，骄傲地走向世界。

随着时代的进步，今天的人们已经把文化理想和人体的和谐程度，提高到了一个全新的水平。毕竟南太平洋的萨摩人穿的原始服装——在裸体上带有花环装饰和白色的鲸牙项圈，是注定不会成为现代人的时尚的。

水东人的幽默

对于江南水乡来说，水是带来灵秀之气且让生命绵延不息的缘由。临水人家、垂柳依依的河岸、粉墙黛瓦蠡窗、水阁亭榭、橹声欸乃的船只、浩渺的水雾烟波……这一切构成了一幅素淡古朴的民俗画卷。人置身其间，仿佛走进了恬淡自在的纯净世界。

古往今来，吴淞江上行驶着各种各样、大大小小的船只。很少有人能把那些船只的名称、构造和特殊用途一一讲述清楚。根据史书上的记载，大致有这么几种：漕运船，又称粮船，船身宽大，船底平坦，适宜装运粮食；官船，船身宽大，精工彩饰。桅杆上以黄布为旗，标明官衔，显示乃达官显贵之船；无锡快，无锡人用来运载旅客的船只，近似于“满江红”（满江红是一种运载南北旅客的大帆船，漆以红色，相传船名为明太祖朱元璋所封）；灯船，船头至船尾挂有十几盏灯笼，夜晚，张灯江上，游览宴饮，艳丽夺目；游船，也称画舫，四面敞开，上有布幔，中设桌椅，便于凭栏观景。此外，还有渔船、农船、蚱蜢船、小网船、乌篷船以及竹筏、木筏等等。行驶时，船只或借助于风帆，或依靠人力摇橹、撑篙、拉纤，民工之辛苦，不难想象。

充满着阴柔之美的水，与清净的女性气质比较接近，所以江南水乡的风物分外柔美。你看，即使是满脸络腮胡子的苏州汉子，当他开口说话时，却是吴侬软语的粗犷。至于那些打扮得很雅致，连每一个细节都不肯放弃的女子，就愈加让人想起当年在苎萝山下浣纱的西施了。

水，带着无数美好而又久远的东西，从时光的深处流淌出来，湿漉漉地泛动光彩，把天空、田地、房屋和人们的心连在了一起。水光云影散乱，世界就变得朦朦胧胧，像玉宇琼台一般宁静。

江南岸，云树半晴阴。帆去帆来天亦老，潮生潮落日还沉。南北别离心。

兴废事，千古一沾襟。山下孤烟鱼市远，柳边疏雨酒家深。行客莫登临。

这是宋代词人王琪的一首《望江南》。

古往今来，世事变幻。一个有良知的情感丰富的文化人，站在江南岸，总是要忍不住由怀古转为寄慨。雨中的江南景色，像是一幅醉人的水墨画。可对于四处漂泊的“行客”来说，却只能勾起内心的怅惘，尤其是在思索千古兴废之事的时候。

兴废事，千古一沾襟。

没有哪片水能比江南水乡的水更好。

此刻，当我再次来到吴淞江畔，用另一种目光、另一种心情打量着这水的聚合时，却在沉思之余，忍不住发问：“具有极大渗透力的水，到底向人类的建筑、服饰、饮食、交通以及艺术、哲学等等渗透了什么？”

四季分明的江南水乡，培育了吴地人中庸平和，精于生活的特性。气候不恒冷恒热，也不极冷极热，冬季万物依然生长；夏季生灵依然活跃。自然环境是折中调和的，人也是善于融通的。吴地人温和处事，精诚婉约，他们能把生活中所有的追求都做到极致，无论饮食、中医、绘画、园林、文学、戏曲、丝绸……全都独树一帜，自成一派，源远流长，长盛不衰。

回望历史，影响太湖地区历史进程的人物，他们都有一个共性，就是兼收并蓄，经世致用，求真务实，机警行事。

大禹吸取前人治水的教训，因势利导，疏堵结合，为治国理水创造了管理典范。齐人孙膑，在吴中找到了施展才华的舞台，写下了传诵至今的《孙子兵法》。来自楚国的伍子胥，相土尝水，象天法地，为后人留下了一份世界遗产——姑苏古城。越人范蠡，功成名就时，不贪恋高位，急流勇退，与西施浪迹太湖，演绎了一曲至深的爱情之歌。三国时代东吴的孙权，广揽人才，凭海湖之利，开发吴中。五代十国，北方政权的更迭如走马灯，民不聊生，而吴越之地在钱镠的带领下却大不相同，他保境安民，兴修水利，鼓励农桑，引来一派富庶景象……

明代正统年间，吴淞江江畔诞生了一个名叫叶盛的人。

叶盛经由科举，担任过两广、宣府巡抚和吏部左侍郎。他是一个爱书之人，任官职数十年，没有一天不读书。每到一地，常常有写书抄书的仆从跟随。经过几十年的积累，他终于成为江南赫赫有名的藏书家，并且著有《菉竹堂书目》6卷。40卷的《水东日记》，是他的笔记汇集。由于他出生于吴淞江东岸的昆山石浦（今属千灯镇），所以以淞水之东作为书名。叶盛曾监督宣府粮饷，管军务，悉政事，因此日记中有许多关于军政粮储、墩台设备、赋役官制、边陲地理、置备设防等等的记述，也收录了一些宋、元、明人诗文奏议，具有较高的史料价值。尤其耐人寻味的是他笔下的奇闻逸事，充满了幽默情趣。

我们不妨挑选几则看看。

钱宰，会稽（今浙江绍兴）人，在朝中修订礼乐之书多年，十分向往恬静安逸的田园生活，多次上疏请赐告老还乡。明太祖朱元璋却念他学识渊博，修书谨密，不愿意让他离去。有一天早朝时，钱宰情不自禁地喃喃吟诗："四鼓咚咚起着衣，午门朝见尚嫌迟。何时遂得田园乐，睡到人间饭熟时。"不料，有人将钱宰作诗的事禀报给了朱元璋。第二天，在文华殿宴会结束时，朱元璋叫住钱宰，笑着说："你昨天作了一首诗挺有意思，可我什么时候嫌你上朝迟呢？应该把'午门朝见尚嫌迟'，改为'午门朝见尚忧迟'。不知爱卿意下如何？"钱宰忙说："皇上圣明！"朱元璋知道钱宰思归日久，虑及他年事已高，终于批准他辞官回家，让他从此放心睡觉。钱宰身居高位而不恋栈，以诗述志，令人敬佩。

昆山人卢熊，精通书法，善篆籀之学。明洪武十年（公元1377年），由中书舍人迁任兖州知州。他是一个勤奋的官员，政务之余，还编撰了《苏州府志》《兖州府志》，传诸后世。卢熊曾上疏说，自己官印上的"兖"字被误刻为"衮"字，请求改正。谁知明太祖把"衮"字认成了"滚"字，心想："秀才无礼，便道我滚哩。"这实在是大不恭，怎能容忍？不久，朱元璋就借胡惟庸的"党案"把卢熊给杀了。

咬文嚼字害了卢熊，死的时候他只有50岁。明初的文字狱，竟然扩大到了地方官员对朝廷的事务性表章中的错字，真是一个令人啼笑皆非的黑色幽默。

确实，自古当官不易，即便不招惹杀身之祸，也会遇到各种各样的难题，甚至还有辛辛苦苦工作却拿不到俸禄的。《水东日记》卷五《吾训导请俸》，就记载了这么一则故事：训导吾豫在明景泰年间被举荐至京师，因为多次上言边防事务，经兵部奏准，调往边关任职。然而，不知道什么原因，去了那儿很久，却迟迟没有领到俸禄。迫于生计，吾豫只好向吏部请示，却被侍郎项文曜刁难，仍然没拿到俸禄。吾豫无奈，转而向兵部求助。于谦了解情况后，感叹道："奈何使膺荐之士至此！"由于于谦插手，吾豫的讨薪问题才算得到解决。

驼峰，是骆驼背上隆起的肉鞍，丰硕膏腴，细嫩甘肥，为“古八珍”之一。唐代，由于国力强盛、多种文化交融，以驼峰为肴比较常见。段成式《酉阳杂俎》载：“将军曲良翰，能为驴鬃驼峰炙。”当时的贵族官僚，假如能拥有烤驼峰的厨艺，是一件很值得夸耀的事。但到了明代，与北方的游牧民族往来较少，驼峰就成为很珍稀的食品。

《水东日记》中有一则说，明初内阁首辅解缙，与礼部尚书吕震谈及天下美食。吕震很仰慕地说：“据说驼峰的味道之美，冠绝天下，只可惜我尚无缘得以见识。”解缙吹牛道：“我倒是有幸得尝，确实味道无与伦比。”吕震知道解缙是在说大话，于是有一天从掌理皇室膳食的光禄寺要了一些大象的蹄筋回来，对解缙说：“昨天皇帝赏赐给了我一些驼峰，想请你共享。”解缙一听，乐颠颠地上门大嚼，其实根本不知道吃的是什么。

等他走后，吕震让人给解缙带了一首诗：“翰林有个解痴哥，

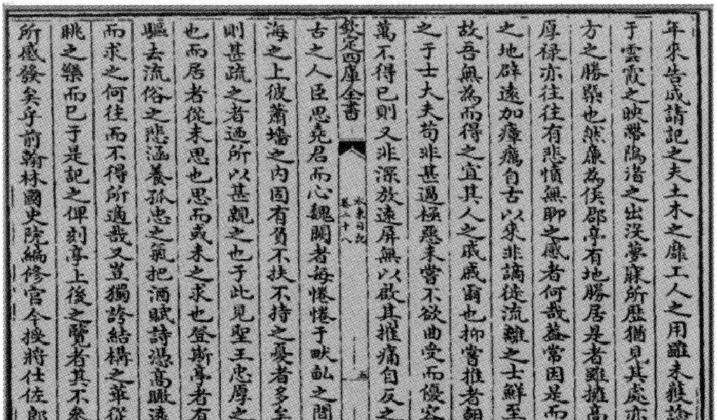
年來告成請記之夫土木之靡工人之用雖未獲詣至
于雲霞之映帶隱諸之出沒夢寐所歷猶見其處亦殊
方之勝槩也然康為侯郡亭有地勝居是者雖擁高爵
厚祿亦往往有悲憤無聊之感者何哉蓋常因是而億
之地僻遠加瘴癘自古以來非謫徙流離之士鮮至焉
故吾無為而得之宜其人之戚戚爾也抑嘗推者朝廷
之于士大夫苟非甚過極惡未嘗不欲曲受而優容之
萬不得已則又非深放遠屏無以啟其推痛自反之忠
欽定四庫全書 水東日記 卷二十八 五
古之人臣思堯君而心魏闕者每惓惓于畎畝之間江
海之上彼蕭墻之內固有負不扶不持之憂者多矣然
則甚疏之者適所以甚親之也于此見聖王忠厚之至
也而居者從未思也思而或未之求也登斯亭者有能
驅去流俗之態涵養孫忠之氣把酒賦詩憑高瞰遠反
而求之何往而不得所適哉又豈獨誇結構之華從臨
眺之樂而已乎是記之俾刻亭上後之覽者其不參有
所感發矣乎前翰林國史院編修官今授將仕佐郎海

《水东日记》书影

光禄何曾宰骆驼？不是吕生来说谎，如何嚼得这般多。”将他毫不留情地讽刺了一番。

看来吹牛要有一些资本，否则难免会授人以柄。

日记中，还有一则《趁航船》：“吴思庵先生谈及浅学后进，曰：‘此《韵府群玉》，秀才好趁航船尔。’航船，吴中所谓夜航船，接渡往来，船中群坐多人，偶语纷纷。盖言其破碎摘裂之学，只足供谈笑也。”

叶盛用趁航船来比喻那些肤浅的读书人，他们的学问，仅够在夜航船上谈笑，不扎实、不完整。

明人张岱也写过《夜航船》，他认为“天下学问，惟夜航船中最难对付”。为了证明这个观点，他讲了一段故事：

> 昔有一僧人，与一士子同宿夜航船。士子高谈阔论，僧威慑，拳足而寝。僧人听其话有破绽，乃曰：“请问相公，澹台灭明是一个人，两个人？”士子曰：“是两个人。”僧人曰：“这等尧舜是一个人，两个人？”士子曰：“自然是一个人！”僧乃笑曰：“这等说起来，且待小僧伸伸脚。”

张岱的故事，与之异曲同工。浅腹之人是最不堪一击的，连尧舜是一个人还是两个人都不知道，在夜航船中，就连脚都没理由伸直。

叶盛与他的同年进士商辂（此人在明代科举试场曾连中三元）关系不错。有一次，商辂拿出朝廷发给他家先人的公牒，给叶盛看。公牒上说，商家的祖上是西夏人，由于投靠宋朝，献上秘密情报有功，被安置到浙中居住，在淳安县生根发芽。

叶盛将这个见闻写进了日记里。有人责怪说，商辂透露了家族的隐私，先人不仅是党项族的谍报人员，而且是来投降邀功的，叶盛却将商辂透露的家族私密资料写进日记，并公诸天下，辜负了别人的信任。事实上，叶盛仅仅是如实记载，没有违背《水东日记》的写作原则。汉族与少数民族的融合，由来已久。我们仔细观察一番，就会发现许多汉族人的血脉里，很可能也流淌着一些蒙古族、满族、维吾尔族人的血液。一些汉人的高鼻梁、凹眼眶、卷头发，就是佐证。

还有一则《禽声类人言》。

汴洛深山中有各种各样的禽鸟，它们发出的声音往往很像人的言语。有一种鸟儿的叫声是："儿回来，娘家炒麻谁知来……"当地人传说，从前有一位继母，总是偏爱自己生的儿子，她把生麻子交给他，而把熟麻子交给丈夫前妻的儿子，叮嘱他们道："你们去深山种麻，种活了才能回家来。"两个孩子不知道她设下了计谋。中途，小儿子想吃熟麻子，便与哥哥交换。哪儿想到，他把吃剩下的熟麻子种进地里，根本无法发芽。于是怎么也不敢回家。做母亲的思念儿子至死，竟化为鸟儿，整天四处飞翔，凄厉地呼唤儿子。

叶盛说，诸如此类的鸟声不可胜数，"皆好事者托事警世之意"。借助鸟声来警世，实在耐人寻味。

城隍，是中华宗教文化中人们普遍崇祀的重要神灵之一。城，即城池；隍，即干涸的护城河。城隍由保护城市安全的军事设施，演变为护城佑民、主掌冥籍的城市保护神。早在周代，人们就开始腊祭"八神"，其中第七神——"水庸神"——就是城隍神。

上海城隍庙，最初由三国时吴主孙皓所建。明永乐年间，又经改建。前殿祭祀金山神霍光，正殿供城隍神秦裕伯，后殿乃寝宫。近百年来，上海城隍庙由道教庙市，逐渐嬗变为豫园商场，成为百姓休憩游览之地，也充分展现了城市文化的变迁。

叶盛《水东日记》记载："唐以来郡县皆祭城隍，今世尤谨，守令谒见，其仪在他神祠上，社稷虽尊，特以令式从事，至祈禳报赛，独城隍而已。"可见，当时各府州县几乎都设城隍庙，地方官员对城隍的重视，远远超过其他神灵。

宋代以后，"凡御灾捍患，有功德于民，则祀之"。清廉爱民、造福一方的官员去世后，地方缙绅百姓常常会将其入祀城隍庙，世代供奉。苏州城隍春申君，杭州城隍文天祥，泉州城隍韩琦，绍兴城隍庞玉，北京城隍杨椒山，福州城隍周苛，上海城隍秦裕伯……无一例外，都是赫赫有名的贤臣良将。

《水东日记》载："陆游尝记镇江府城隍庙，谓自故时祠汉纪信为城隍神，莫知其所以始，因以为为善之报，亦正论也。"成为城隍神，类似阴间的地方官员，也算是对勤政爱民官员的另一种表彰。"我朝洪武元年，诏封天下城隍神，在应天府者以帝，在开封、临濠、太平府、和滁二州者以王，在凡府州县者以公以侯以伯。"从这个意义上说，城隍神享受的"政治待遇"，与人世官场是对等的。

有一年，浙江南部连续干旱不雨。八月既望，缙云县令李阳冰躬祷于神，跟城隍神约定，假如 5 天内不下雨，他们将把庙宇都焚烧殆尽。到了第 5 天，老天爷果然哗哗地下起雨来，全县的旱情随即得到缓解。之后县官和耆老们将城隍庙从西谷迁移至山巅，以报答神灵的护佑。这其实是一种巧合。真的 5 天、10 天无雨，县令怕也是不敢焚庙的。在官员们的心目中，城隍神能鉴察善恶。"新官赴任，必先谒神与誓，期在阴阳表里，以安下民。"

叶盛为官清廉，天顺七年（公元 1463 年），朝廷从两广召回他时，他的行李只有碑刻三大筐，别无长物，被称为"五岭奇观"。

这才真是幽默。

细读《水东日记》，我们不难体察，叶盛的幽默，恰恰带着吴淞江畔人们的灵巧、精细、聪颖、乖觉和耐人寻味。他的幽默，让人觉得有点委屈，有点愤忿，却又不得不笑出声来。

幽默并不是天生的禀赋，而是一定文化素养的自然流露。想当年吴越争霸，勾践失利，带了夫人、范蠡和300官士到苏州向夫差卑躬屈膝，之后被放在石屋里当养马奴隶。他从事劳役，口无怨言，面无恨色，3年之后便被释放回越国。于是卧薪尝胆，愁心苦志，十年生聚，十年教训，很快反败为胜，终使吴王夫差羞愧自尽。勾践所具有的，不正是一种巨大的幽默吗？

或许，正是从那时开始人们理解了幽默的珍贵。

记得列夫·托尔斯泰在他的小说《复活》中，对人的性格说过这样的一段话：

> 至于我们谈到一个人，说他善良或者聪明，又谈到另一个人，说他凶恶或者愚蠢，那就不对了。然而我们总是这样把人分类。这是不合实情的。人好比河：所有的河里的水都一样，到处都是同一个样子，可是每一条河都是有的地方河身狭窄，有的地方水流湍急，有的地方河身宽阔，有的地方水流缓慢，有的地方河水清澈，有的地方河水冰凉，有的地方河水浑浊，有的地方河水暖和，人也是这样。每一个人身上都有人性的胚胎，有的时候表现这一些人性，有的时候又表现那一些人性……

托尔斯泰十分形象地用河水比喻性格，他让我们触摸到了人的性格的生理基础。

民俗里的水乡

吴淞江江畔，流传着这样一个民间故事：

明洪武六年（公元1373年），朱元璋在皇宫里召见了昆山县107岁的老人周寿谊。明太祖问："你如此长寿，平日里有什么修养？"周寿谊回答："我没什么讲究，清心寡欲而已。"明太祖又说："听说昆山腔很好听，你会唱吗？"周寿谊禀报明太祖，自己不会唱昆山腔，但是能唱吴歌。于是他唱了一首《月子弯弯照九州》：

> 月子弯弯照几州，几家欢乐几家愁。
> 几家夫妇同罗幛，多少飘零在外头
> …………

朱元璋听罢，哈哈大笑，在殿上赏赐酒馔，又令人送他返回家乡。

这首《月子弯弯照九州》流传很广，在几种明清文人笔记中都有记载。仅仅是个别文字有差异。

如果把时序往前推，我们可以发现南宋著名诗词家杨万里写有一首《竹枝歌》："月子弯弯照九州，几家欢乐几家愁。愁钉人来关月事，得休休去且休休……"文词平白如话，完全像是一首民歌，与明代初年流传的吴歌基本一致。

看来，这首民歌早在南宋时代就不仅在吴淞江江畔，而且在全国很多地方传唱了。还被杨万里借用，写入了自己的《竹枝歌》——这么说，这首民歌至少已经流传了1000年。

民国三十六年（公元1947年）在上海拍摄的电影《一江春水向东流》中，也有一首插曲《月儿弯弯照九州》：“月儿弯弯照九州，几家欢乐几家愁。几家高楼饮美酒，几家流落在街头……”它由“金嗓子”周璇演唱，随着电影的公映四处流传。后来，台湾歌星邓丽君也翻唱了这首歌。流传千年的古老民歌，获得了新的生命。

古代文人的笔记中，包含的历史文化信息往往很多。

我们不妨读读陆容在500多年前写下的《菽园杂记》。

陆容，太仓州人，明成化二年（公元1466年）考取进士，官至浙江右参政。一生当官20余年，除京师外，足迹遍及河南、山东、江苏、浙江等地，见多识广，博学多闻。在他的这部笔记中，有不少关于明代朝野掌故的史料，比如明代浙江的银课数量、盐运情况。更有众多有关江浙一带民风习俗、人物故事的记载，如郑和下西洋、梁山伯祝英台，以及白居易、苏轼、林和靖与杭州的故事等等，读来很能给人启迪。一些江南民俗，今天仍然在吴淞江两岸延续着。

民俗是人类社会发生、发展进程中的产物，是民间文化的组成部分。《礼记·曲礼上》曰：“入竟（境）而问禁，入国而问俗，入门而问讳。”人们之所以要避讳，主要是为了避免触犯禁忌，影响人际交往。在吴中水乡，行船时忌讳说“住”“翻”，船家行船时都希望抵御风浪，安全平顺，也在情理之中。“梨”与“离”谐音，人们称之为圆果，就讨了口彩。“伞”与“散”谐音，人们称之为竖笠，也是同样的道理。

昆山有士子在景德寺中读书，曾看见一个奇异的情景：一条蛇在草丛里游动，忽然有蜈蚣跃上蛇尾，循着蛇脊向前，到蛇首，蛇伸直不动，蜈蚣立即用左右须插入蛇的鼻孔，很久才拔出来。当蜈蚣离开时，蛇已经死了。

陆容讲了这个故事。他说，《庄子》有“即且甘带”的说法。即且，指的是蜈蚣。带，指的是蛇。但他不知道蜈蚣喜欢蛇的什么部位。后来明白了，所谓甘者，甘其脑也。蜈蚣能制服蛇，但在经过蜗牛爬行时留下的涎液时，却无法行动了。世界上的事物各有所制，一物降一物，比如海东青，是鸷禽，却唯独害怕燕子。大象，是猛兽，却唯独害怕老鼠。用今天的话来说，大自然中的生物链是环环相扣的。

在江南的名郡中，苏州、杭州享有共同的美誉，但相互之间也有区别。苏州城区以及各县富家，大多修筑亭馆，栽种花木，擅一时之胜，杭州却没有这种风气。显然杭州民俗俭朴，比苏州值得称道。湖州的许多人家绝对不愿种牡丹，因为牡丹盛开时，他们正忙于蚕桑之事，亲戚朋友都不相往来，根本无暇顾及牡丹。严州、于潜等县，民间多种桐、漆、桑、柏、麻、苎，绍兴一带多种桑、茶、苎，台州一带多种桑、柏，这些地方勤俭的民风，又比杭州更胜一筹。苏州一带的空地，大多种植榆、柳、槐、樗、楝等树木，而浙江诸郡，唯独山里有这些树木，其他地方则没有。苏州的洞庭山，人们以种橘为业，不留意恶木，由此也可以看出勤俭淳朴的民俗。

陆容在《菽园杂记》里，还仔细记载了许多传统工艺——如造纸、采铜、制苎、种柏等——的流程与特色。

至今仍被引用的一则，是青瓷的制作技艺。他在介绍了金村、白雁、梧桐、安仁、安福、绿绕等几处窑口后说，这些地方都出产青瓷，但若是论泥油精细、模范端巧，都比不上刘田。刘田的瓷土，取之于窑的附近，其他地方就差了。油则取之于山中，蓄木叶，烧炼成灰，加上研磨得很细的白石粉末，合而为油。其原则是取泥贵细，合油贵精。工匠制作时，先钧运成器或模范成形，等到坯泥渐渐干了，蘸油涂饰，用泥筒盛起，置放在窑内，端正排定，然后用柴筱日夜烧变。等到火色红焰无烟，立即用泥封闭火门，火气绝灭，才能开启。烧成的青瓷，以绿豆色莹净无瑕者为上，生菜色者次之。上等的青瓷价格很高，大多转卖去别处，即使是县官也未必能见到珍品。

唐代诗人陆龟蒙曾写过题为《秘色越器》的诗："九秋风露越窑开，夺得千峰翠色来。好向中肖盛沆瀣，共嵇中散斗遗杯。"越窑的名称，最早就是由陆龟蒙提出的。随着越瓷生产技艺的不断改进，釉色中的黄、赭黄、青灰等色素慢慢减少，越瓷渐以青、绿色为主，青瓷的釉色又有深浅之分，更加显得青翠清纯、晶莹透彻。

关于饮酒风气，《菽园杂记》也有耐人寻味的记载。古人饮酒，很有节制，大多不会到夜晚。所谓厌厌夜饮，不醉无归，其实是天子宴请诸侯，以示慈惠，并非常态。京师只有六部、十三道等官员会在夜晚饮酒，这是因为他们散衙（下班）后才能去赴宴，就无法不夜饮了。而翰林、六科以及一些闲散之职，大多数是在白天宴饮。昆山、太仓一带白天的聚会宴饮，往往到了天色昏暮时分才散席。这种风气也是近年来后生辈形成的，然而他们不承想，主人的情意固然应该接受，但是童仆伺候之难、父母悬念之切，也不可不体味。因为饮酒过量而害人误事的，古今有之。

陆容有 18 个字的养生口诀："半酣酒，独自宿，软枕头，暖盖足，能息心，自瞑目。"他主张安心养神，不肆意放纵，以获得更多的精力投放于事业，这确实给了我们很多启示。

还有一则《琐记为公》说，江南巡抚大臣中，只有周忱最有名气。他的才干见识无疑比他人好，他对公事的留心，也是没有人能比得上的。周忱有一个本子，所记录的从日期到行为处事的点点细节，没有丝毫遗漏，每天的阴、晴、风、雨，也一定详细记录。例如，某天中午之前是晴天，中午之后是阴天。某天刮东风，某天刮西风。某天的白天和晚上下雨。人们一开始不知道为什么他如此不厌其烦地记录。一天，有人告诉周忱，装粮食的船被风刮走，找不到了。周忱问他，丢失船只是哪一天？中午前还是中午后？那天刮东风还是刮西风？那人只能胡乱回答。于是周忱告诉他，船是不可能被刮走的。那人不仅吃惊，而且佩服，明白周忱是无法被欺骗的。周忱的琐记，即使阴晴风雨，原来也是公事。

《菽园杂记》中有一则《戏文子弟》，常常为昆曲研究者们引用：

> 嘉兴之海盐、绍兴之余姚、宁波之慈溪、台州之黄岩、温州之永嘉，皆有习为倡优者。名曰戏文子弟，虽良家子不耻为之。其扮演传奇，无一事无妇人，无一事不哭，令人闻之易生凄惨，此盖南宋亡国之音也。其赝为妇人者，名妆旦柔声缓，步作夹拜态，往往逼真。士大夫有志于正家者，宜峻拒而痛绝之。

文字中所涉及的这些地区，都是南宋戏曲发展的重要区域。到了元代，国家律条规定，除系籍正色乐人外，其余农民、市民、良家子弟禁止参与扮演戏文。然而这些地区禁而不止，良家子弟并不以之为耻。他们所上演的戏文多涉妇人，而且凄凄切切，容易催人泪下。所谓“旦柔声缓”，显然是描述了声腔特色。

梨园弟子被称为吴淞江两岸的“土特产”之一。明代戏曲的四大声腔（海盐腔、余姚腔、昆山腔和弋阳腔）大都流行于江浙一带，是与这些地区拥有深厚的群众基础分不开的。尽管持正统思想的陆容认为，对此应该“峻拒而痛绝之”。

还值得一提是《菽园杂记》关于叶子戏的记述：

> 斗叶子之戏，吾昆城上自士夫，下至僮竖皆能之。予游昆庠八年，独不解此，人以拙嗤之。近得阅其形制，一钱至九钱各一叶，一百至九百各一叶，自万贯以上，皆图人形；万万贯呼保义宋江，千万贯行者武松，百万贯阮小五，九十万贯活阎罗阮小七……或谓赌博以胜人为强，故叶子所图皆才力绝伦之人，非也。盖宋江等皆大盗，详见《宣和遗事》及《癸辛杂识》。作此者，盖以赌博如群盗劫夺之行，故以此警世，而人为利所迷，自不悟耳！记此，庶吾后之人知所以自重云。

叶子，又称马吊，是明代一种风行天下，上自达官公卿，下至百姓妇孺，几乎没有人不喜好的纸牌。最初起源于昆山。当时的人们将玩纸牌称为“斗叶子”。纸牌一共有 40 张，4 人入局，每人 8 张，其余的放在中央，玩的时候以大击小，变化多端，饶有趣味。绝大多数的叶子上，画的是《水浒传》中的梁山好汉一百零八将，分别以金钱分等级。

事实上，叶子戏正是麻将牌的前身。从叶子戏的风靡，我们不难看出当时赌博习气的盛行。这是江南民俗中最令人憎厌的一面。

除了叶子（麻将），还有烟草。

专门记载嘉兴地区风俗、物产、轶闻掌故的书《古禾杂识》，谈到烟草时，有这样的描述：“淡巴菰始于前明。万历末，有携至彰、泉者，马氏造之曰淡肉果。渐传至九边，皆衔长管而火点吞吐之……”“今乡人布种烟草，连亩交畦；弃有用之地，而植无益之物，是在当事者，宜开导而禁止也。”“黄烟来自松江，实出于福建。吃者有红、松、通三字诀，否则旁观窃笑其为门外汉。”“农家船户，从前多嗜黑老鹭，后改青条水烟。今则竟有吸皮丝者。取火之具，向皆用火石，近乃竞用西洋火柴，俗称洋火纸。农户船家，无不备此者……”

淡巴菰，是外文名称的译音。这个词，原本是美洲阿拉瓦克族印第安人用以称呼他们通过鼻孔来吸的那种卷烟的，后来为各种欧洲语言借用。从这个名字不难看出，明代万历末年中国人就开始吸烟了。最早从国外带回烟草的，是福建水手。他们从菲律宾带回烟草的种子，南面传至广东，北面则传至江浙一带。松江一带以流行黄烟著称。最早吸烟的不是平民和官人，而是军人。当时有很多人认为烟草可以去湿，“避瘴气”（这或许与烟草最初传到沿海潮湿地区带有关）。军旅生活环境的艰苦，便促使边防地区的军人最先吸烟。

《巢林笔谈》书影

因吸烟而产生了许多形制、质地、装饰各不相同的烟具。仅质地就有乌木、细竹、玳瑁、玉石、白铜、水晶等多种。可惜，人们在吞云吐雾时，忘了身体的健康。

龚炜，自称巢林山人。生活在清代康熙、乾隆年间。曾祖父当过明朝官员，父亲也是进士出身，妻子王氏为娄东（太仓）望族后裔。然而到了他这一辈，已家道中落，龚炜年过40仍屡试不第，身体也常常患病。于是在故乡昆山“舌耕笔畦”。他给后人留下的珍贵财富之一是《巢林笔谈》。这部笔记是他40余年的积累，举凡社会世相、风俗民情、天灾人祸、官吏贪诈以及亲友交往等，都有所记载。作者又有一手很好的文笔，文章读来栩栩如生。

请看关于吴中虫灾的这一则：“交白露节，烝水如沸，稻根易腐，腐则虫生，理有固然，然不意若此之甚也。月初入郡，闻府三县间有虫灾；而我邑禾苗芃芃，谓西成可望。中秋，虫亦冥冥起，不数日，蔓延无既，向之所谓芃芃者，一望尽赤。积贫之邑，罹此奇灾，伊谁堪之！”

入秋后，谁都在盼望好收成，不料遭遇虫灾，四处蔓延。终于闹起了饥荒，“民无所恃”，米价竟飞涨到了每石5两银子以上。“士人尽西华东郭，兼索米之奚从。乞儿遍北里南邻，更填沟之不少。”一些干体力活的人，难以养家糊口，纷纷寻短见。虫灾刚过，瘟疫缠联，很多人被传染，一病即死。最惨的是周鲲庄，有一家7口人全都死于非命。在这个时候，贪官奸商、胥吏劣户却互相勾结，趁机侵吞赈灾钱粮，中饱私囊。“广收金粟治田园，回头笑指街前骨”，两相对比是何其强烈。字里行间，清楚地显现了作者的社会责任感。

龚炜描述世相的笔触是十分犀利的。例如《绅士媚态》：“槎溪一富宦治丧，绅士毕集，有一老者自远来唁，寒素若儒生。既入门，莫有迎者，徘徊厅事，众宾佯不见；及视其柬，乃一八座乡宦也。乃大惊，争先媚承，有拥挤不前者，卒卒自咎眼钝。风俗薄恶，莫甚于今治丧家……”

那些有身份的人，几乎都是势利眼。即便在办丧事时，也难免以貌取人。当发现从远地前来吊唁的陌生老者是乡宦，顿时争先恐后地去拍马屁，只怪自己眼睛没看清，前倨后恭的模样，跃然纸上。他们不能不被龚炜斥之为“薄恶”。这样的文字，今天读来仍令人玩味。

马吉翔是一个南明历史上有名的人物。他之所以有名，一非文韬，二非武略，而是“拍马有术”。有人将他与杨龙友、马士英、阮大铖、刘承胤一起列入《奸佞传》。他是武进士出身。永历朝任兵部尚书，镇守广东肇庆，后来移至昆明。马吉翔追随永历帝到了缅甸，中秋之夜宴请皇妃之弟，有美酒，却少美人。当时有一个歌姬黎维新，年老色衰，马吉翔强行命令她演梨园舞。黎维新不愿意这样做，觉得此时此刻不该出丑。马吉翔听了，竟愤怒地用鞭子抽打她。龚炜以一则《二马不如歌妓》，记述了这件事。他感慨道：“永历皇帝有马吉翔，好比福王有马士英，这二马的品行真个是远远不如一个歌姬啊！”

《巢林笔谈》还记载了不少与民间流俗有关的资料。例如《吴俗奢靡日甚》说：“吴俗奢靡为天下最，日甚一日而不知反，安望家给人足乎？予少时，见士人仅仅穿裘，今则里巷妇孺皆裘矣；大红线顶十得一二，今则十八九矣；家无担石之储，耻穿布素矣……”

追求奢靡生活的风气，在吴中越来越盛，跟他少年时见到的，已颇不相同。尽管康熙皇帝在南巡时就说：“南人习俗奢靡，家无储蓄，目前经营仅供朝夕，一遇水旱不登，则民生将至坐困，苟不变易陋俗，何以致家给人足之风？”然而，只图眼前享乐，不思水旱灾年的状况，仍比比皆是。结婚时男计奁资、女索聘财，礼书居然像文契。

为什么我们总是说“买东西”而不是说“买南北”？

龚炜引用了明宰相周延儒回答崇祯皇帝所提这个问题时的说

法：古人以东方木、西方金、南方火、北方水。半夜有人敲门讨要水、火，没有不给的，也不用到市场上去购买；东方木、西方金则不同，要想成交，必须去市场以质论价。崇祯皇帝听得颇为满意。但龚炜认为，这样的说法似乎牵强。其实“东西”的说法起源于东汉，那时候的都市之盛，侈陈东西两京，俗话买东、买西——凡是提及买卖的，不是东就是西。沿袭的时间长了，人们便以“东西”指代货物了。

他记录的《同夕误娶》的故事，全然是一个黑色幽默。

有两户人家同一天迎娶新娘，抬轿者酒喝得太多了，醉醺醺地与对方争道。双方都把花轿搁在路旁，吵了一会儿，手里的灯笼也熄灭了。黄昏时分他们仓皇上路，误抬了对方的花轿，谁也没有发觉。当晚新人洞房花烛，众人告辞离去，第二天两家才明白，所迎娶的根本不是该娶的人。不由大惊失色，便去向县衙告状。县尹听罢他们的叙述说，木已成舟，婚已结成，虽然错也只能错到底了。于是命令衙役将轿夫打了一顿，以示惩罚。而两家的奁资聘礼，也保持原样，不得再有反复。

清代康熙、乾隆年间，有很多人认为《牡丹亭》杜丽娘的原型是太仓人、明朝阁老王锡爵的二女儿王焘贞。汤显祖师从王锡爵，比他小 10 岁的王焘贞可算是小师妹。他在昆山片玉坊完成《牡丹亭》后，曾专门将书稿交给王锡爵的家班上演。然而，王焘贞是个另类才女，未婚嫁而夫病死，于是修筑一个土室修炼，并且收了王世贞、屠隆等大名士为徒。不过汤显祖没有跪拜。龚炜在《牡丹亭非昙阳子事》中表明：“昙阳子（即王焘贞在入道后的法号）仙去，凤洲先生（明代大文学家，其族伯王世贞）传其事，而世或以《牡丹亭》诬之，误矣。”

王焘贞羽化之事，曾经轰动江南，招致朝野批驳，王世贞和王锡爵也因此受到了责罚。龚炜说，对于《牡丹亭》的误解，是将杜丽娘的“还魂”与昙阳子的“复活”混为一谈了。品行卓卓的汤显祖，是决不会这样做的。但是已经含冤200年，没有得到昭雪，所以他必须“表而出之”，澄清这个事实。

元代画家、诗人倪云林是出了名的洁癖。他的书房，每天都让两个童子仔细整理和打扫，文房四宝随时擦洗干净。有客人来访，离去后，所坐的地方必须重新刷洗。他每天穿戴的衣服与帽子，都要拂拭数十次。他在家中的庭院栽种了一棵梧桐树，总觉得树枝、树叶不干净，于是每天早晚派人挑水揩洗，竟活生生把梧桐树洗死了。对于庭院里的苔藓，他千方百计地护持，使得绿缛盈庭。

龚炜不仅记述了倪云林这样的洁癖，也描绘了归庄那样的怪癖。过年时，归庄书写对联挂在自己家门口。左联曰“福寿”（指南台御史大夫），右联曰“平安”（指北平都督佥事）。又在庭柱上题写一副对联云：“入其室，空空如也；问其人，嚣嚣然曰。”讥讽与自嘲的意味，溢于言表。难怪人们要将他与顾炎武合称为“归奇顾怪”。

江南豪富沈万三的爱妾丽娘，带着绝色的姿容离开了人世，这让他十分悲伤。数天后，有家人报告说，在月夜的梅树下，瞥见一个穿着金翠衫的美人。沈万三明白，这是丽娘的芳魂不散，久久眷恋着自己呢。于是沈万三常常到树下去睡觉，希望梦见可爱的丽娘，一亲芳泽。谁知，丽娘的影踪再也没有出现。为了寄托哀思，他不惜大兴土木，在丽娘的坟地上修建了一座“锁恩台”，还亲自撰写了一通“离思碑”。其中有这样的词句：“红脂尘化，万态俱空，玉骨土融，百形皆幻。构室见其恩牵，树碑由于情结。”

龚炜记载了这件事，说元代末年，人们都知道倪云林、顾阿英家财丰赡，且都以诗文书画领袖风雅，沈万三也是非常有名的富人，可是有谁知道他能文呢？

清代江阴人陈鼎所撰的《留溪外传》，记录的都是明末清初的轶事。极有史料价值。其卷一写道：“狗屠，江阴青阳里人，失其名。……明末，二亲皆老，俱好饮。狗屠日沽美酒奉之，且鼓腹讴吴歈于膝下……高声唱萧相国月下追韩淮阴曲，以劝二老……狗屠三年丧毕，日携一尊酒入社祠与群乞儿杂坐，饮醉，则讴吴歌，或说笑谈，或高声唱萧相国月下追韩淮阴曲以自乐。”

父母亲在世时，狗屠欢唱《千金记》以娱亲，二老死后，他与乞丐们在一起，又兴高采烈地唱起了萧何月下追韩信的唱段。沈采的名剧，乡野之人丝毫也不陌生。

《虞初新志》卷八记载了一个生动的故事：明代吴县洞庭山，有一个樵夫，某天挑了柴薪路过演戏的场所，停住脚步观看《精忠记》。看见演员饰演的秦桧如此奸诈，他难以压抑心中怒火，竟飞跃上台，动手就打。被殴打的演员差点儿死掉。

清人艾衲居士著有话本小说《豆棚闲话》，在第二则中，作者借众少年的嘴说道：“昨日前村中做戏，我看了一本《浣纱记》，西施住居苎萝山下，范大夫前访后访，内中唱出一句，说‘江东百姓，全是赖卿卿’。可见越国复得兴霸，那些文官、武将全然无用，那西施倒是第一个功臣……”

村民都很喜欢看《浣纱记》，并且能够做出颇有见地的评论，可见这部传奇深入人心。

活跃于乡村的明代职业昆班，有高低之分。一般来说，在戏台和船舫演出的档次高一些，流落江湖的昆班，常常只能在广场临时搭建的戏台演出。与家班多演折子戏不同，职业昆班演的是全本戏。那是经过行家精心删节过的剧本，更易为观众们接受。假如不追求舞台效果，他们会饿肚子的。所以，像《牡丹亭》这类适宜于厅堂的传奇，就很少在乡村舞台上演。

乡间舞台，也可能有名角脱颖而出，陈明智就是一个代表。他是吴淞江畔的古镇角直人，由于身材矮小，先天条件欠佳，只在各地乡村草台班演出。有一次他偶然进城，适逢苏州名班寒香部在显贵之家演出，缺净角，请他充数饰演《千金记·起霸》中的项羽。他粉墨勾脸，以"皂抱肚"束腰，足登二寸多厚的厚底高靴，出场时"耸喉高歌""龙跳虎跃"，气势磅礴，令众人刮目相看，从此一举成名。康熙帝第二次南巡时，观看其表演，十分喜欢。由此，他被选入宫廷充当内府戏班教习，历时20年。

在"花雅之争"最后以昆剧的失败而告终时，在吴淞江畔的许多乡村，仍然活跃着一支支堂名队伍。堂名，是以清唱昆曲为职业的民间组织。他们的组织几乎都有一个"某某堂"的名字，以清唱昆剧为主，兼及器乐演奏。考究点的堂名，会有一个绣上自己堂名的桌围，跟乐器等物品装成一担，从这个村走到另一个村，寻求演出机会。他们以演唱昆曲作为自己谋生的手段，让曲笛声在乡村绵延不息地回响。

清初藏书家、文学家王应奎是常熟人。他的居住之地，虽靠近市廛，却交通不便，如处岩壑。科举失利后，他就在这僻静处构筑藏书屋"柳南草堂"，积书数万卷。他每天埋头在书堆里，刻苦攻读，潜心著述，不管外面的世界怎样变化。

王应奎给后人留下的《柳南随笔》《柳南续笔》《柳南文钞》，有很大部分记述了士大夫文人的逸闻轶事、社会习俗、风土人情等，究名物之根底，纠史实之谬误，为我们研究江南人文历史提供了大量有用的线索。其中涉及昆曲的篇章，很是耐人寻味。

《戏场记》(《柳南文钞》卷四)，是一篇详细描述清代初年江南乡村演出戏曲的札记。农闲时节，丝竹声响起，顿时吸引“观者方数十里，男女杂沓而至”。在纷至沓来聚集于一片广场的观众中，男子“有黎而老者，童而孺者，有扶杖者，有牵衣裾者，有衣冠甚伟者，有竖褐不完者，有蹯步者，有蹀足者，有于众中挡拨挨枕以示雄者，约而计之，殆不下数千人焉”。似乎各式人等都有。而女子“有时世妆者，有小儿呱呱在抱者，有老而面皱如鸡皮者”。哪怕是年迈的老妇，也踊跃前来赶时髦。小商贩们自然更要抓住赚钱的机会。他们在戏场上售卖各种小吃。小吃的名称有“曲将军炙”“宋五嫂羹”，今天的人们闻所未闻。旁边则有举酒旗者、列若碗者，实在是热闹非凡。

宝炬千家风不寒，香尘十里雨还干。
落灯便演春台戏，又引闲人野外看。

昆曲的全盛时期，演出的样式很多。除了现代人所说的厅堂版、园林版、船舫版，还有大量乡野庙台的社戏。蔡云的这一首《吴歈》，很生动地描绘了吴淞江沿岸一带乡村的观演习俗。

演出往往在寺庙、广场、湖边、船上。每逢节庆，如元宵、端午、中秋或四月半等举办庙会的日子，多有演出。庙会看戏，成为农村文化生活的一个重要内容。寺庙边的戏台是固定的，也有临时搭建的戏台。人们会用风车、牛车和船板搭建稳固的戏台，一扇扇篷帆就是侧幕。

胡忌、刘致中在《昆剧发展史》中说：“农村中的临时性半临时性戏台，从顺治刊本李渔的《比目鱼》传奇中的一幅插图可以看到。插图画的农村戏台一部分搭在岸边，一部分搭在水中，是木板搭成的席棚，三面有栏杆。观众可在岸上看戏，也可在船中看戏。

这种演出场所，在江南水乡很普遍，能容纳大量农民观众。”

水乡盛行船戏是十分自然的。大船的甲板做舞台，船舱里可以候场和更换服装，看戏的人们摇着各种各样的船儿过来，争先恐后地围住大船。这种水上剧院真是别有风味。

王屽，是河南兰阳（今河南兰考）人，崇祯四年（公元1631年）进士。他十分喜爱唱曲演戏。王屽还没有做官时，一天地方官员前去拜访，他恰好脸上敷有粉墨，身上穿了旦角的服饰，登场歌唱。看见地方官员进门，与王屽一起唱曲的人都散去了，他却没有更换衣服，径直出来迎接。地方官员很是惊愕。王屽根本无所谓，行了女子的拜礼，嘴里念念有词道："奴家王屽是也！"

他的女儿出嫁后，婿家特意设了筵席，等他前来欢聚。他化了妆，脸颊通红活像是关云长，身穿绿袍，乘马而来。到了门口，女婿出来迎候，哪儿想到，他什么都不顾，下了马，嘴里高唱着"大江东……"只管闯进去，仿佛这里是戏台。所有的宾客都吓得躲开。他则豪爽地举起金叵罗，喝了好几杯才回家。

在很多人的眼里，王屽是一个狂士。其实，他性格忠厚坦诚，诙谐豪放，不拘小节，颇具胆略。尽管他很能写文章，却不愿意出入魏忠贤阉党的门下，崇祯元年考试时，他故意在试卷上使用戏曲语言，如文章中间论鬼神处，突兀地写道："如以为无，则慧娘之敲裴生之门也，丽娘之入柳生之室也。"（李慧娘和杜丽娘，分别是昆曲《红梅记》和《牡丹亭》女主角）结果，如愿以偿地落了榜。

这个故事，从一个侧面显示了昆曲传奇流布之广。

还有一则，讲昆山有一个名叫冯姬的女子，因为不肯应马帅三宝（马宝，亦称三宝，为吴三桂心腹大将）之召，被五花大绑。在她即将被杀害时，对方给她灌酒，一下子灌了一斗，随即命令她整理妆容，放声唱曲。哪儿想到，她越唱嗓音越嘹亮，于是获得释放。常熟诗人陈祺芳特意为她作了一首香艳的诗："酥胸藕臂玉为腰，缚出轻红惨愈娇。刚向筵前倾一斗，宝钗重整度鸾箫。"

由于唱曲唱得好，竟免除杀身之祸，昆曲的魅力可见一斑。

不过，也有因过度迷恋昆曲导致破产的。云间（松江）顾少参的曾孙名叫威明，继承了先祖的家业，拥有四万八千亩田地。他生性豪侈，又非常酷爱唱戏，特意邀集一些轻薄儿演出《牡丹亭》传奇。扮演杜丽娘的年轻人，须剃去髭须，便告诉他："俗语道'去须一茎，偿米七石'。你如果不吝啬，就给我。"顾威明笑道："这是区区小事呀。"马上让青衣在一旁计数，一共剃去髭须43根，立取白米300石，送到年轻人的家。就这样，不过四五年，所有田产都被他陆续卖光了。因为逃避赋税，他被县官抓进了监狱，最终在铁窗里自杀身亡。

王应奎的《柳南续笔》带着贬义叙述了这个故事。但《牡丹亭》让顾威明走到这一步，我们读到的就不仅仅是笑料。

摇到外婆桥

摇啊摇，摇到外婆桥，
外婆叫我好宝宝。
糖一包，果一包，
外婆买条鱼来烧。
头勿熟，尾巴焦，
盛在碗里吱吱叫，
吃勒肚里豁虎跳。
跳啊跳，一跳跳到卖鱼桥，
宝宝乐得哈哈笑。

生活在江南水乡的孩子，谁没有唱过这首古老的童谣呢？

数年前，有一位日本友人，发来一封用汉语书写的电子邮件。她说，她要来中国旅游，先是到上海，然后到昆山，很想看看江南水乡的桥，并且寻找《摇啊摇，摇到外婆桥》这首儿歌的乐谱。

之前，她翻译过我的几篇散文，署名关登美子，发表在日本刊物上。在她生活的宝塚市，几乎没有人知道她有中国血统。但她在信中的签名是欧阳效平，一个非常典雅的中国名字。后来我才知道，苏州是她外公的家乡。她的母亲1937年在北京大学读文学系，战争开始后离开北京，住在苏州外公的旧家，在东吴大学继续修完学业。在她的心目中，母亲是北京人，属于中国的北方，燕山雪花大如席，纷纷吹落轩辕台。而外公则是属于南方的苏州，一年湖上春如梦，二月江南水似天，那么充满诗意……

她说，小时候，母亲一遍又一遍唱这样的童谣给她听：

摇啊摇，摇到外婆桥，
外婆叫我好宝宝。
给我糖一包，果一包，
吃不完，带回家。
还有团子还有糕……

这跟流传在江南的童谣有所不同。而留学德国的爸爸，唱给她听的则是英国儿歌集《鹅妈妈》（*Mother Goose*）里的“Row, row, row your boat…”

从躺在摇篮里开始，她就在梦中把船儿摇到外婆桥，遥不可及的外婆桥。那一座座在碧水清波上躬身而卧的桥，水乡古老的石拱桥，多么令人向往。

那次，她与女儿一起访华。我陪着她们，去了两个水乡古镇，寻找梦中的外婆桥。她的女儿是一位舞蹈学博士，曾出演《炫目的爱情之光》。这支舞蹈取材于唐代从中国流传到日本的舞乐《青海波》，以四季来比喻《源氏物语》主人公光源氏的爱情经历，由此表现人生的无常。

行走在一座又一座斑驳的石拱桥上，欧阳效平的脸上流露出如愿以偿的兴奋神情。

她告诉我，几年前，她按照母亲留下的地址，曾经专门去寻访苏州外公的旧家。那座历经沧桑的老屋居然还被保存着，在一条幽静的巷子里，粉墙黛瓦蠡窗，石阶井栏花坛，一株枝繁叶茂的玉兰，给庭院铺设着绿荫。这果真是母亲给她娓娓描述的景象，果真是梦里一次又一次回来的地方。

她怔怔地注视着这一切，一行热泪从脸颊上流了下来。

或许正是如此，她一有机会，就想来中国寻找“摇啊摇，摇到外婆桥”……

其实，每个人的心目中，都有自己的外婆桥。

至今还记得，那是一个星光闪烁的夏夜，我和几个小伙伴站在古镇锦溪的普庆桥上，互相打赌，看谁的手电筒光亮照得远，能够照到月亮上。月亮正在湖边升起，犹如一面明净的镜子。

我拿着一只刚刚装上新电池的手电筒，照向街巷，每一块石子都能看得清清楚楚，可是照向天空时，那一束光线的前半段是银白色的，后半段却消逝得无影无踪。晃了晃手电筒，那银白色的光线也晃了晃。踮起脚，使劲瞪大眼睛，却依然无法看见它到底去了哪儿。

我心里不由浮起了一连串疑问：笔直的光线能不能照到月亮？如果真的照不到，这些光线又消失在哪里了呢？为什么月亮光能照到地面上，手电筒光却照不到月亮呢？探照灯的光线比手电筒强，能够照到月亮吗？

这些问题似乎太深奥了，伙伴们谁也无法回答。大家在普庆桥上叽叽喳喳争论了半天，没有任何结果。

外婆家就在普庆桥堍下的小街上。

那是一幢破旧的楼房，有露出木纹的矮挞门和排板。从吱吱嘎嘎作响的楼梯爬上楼，可以从窗户里看见旁边的两头通茶馆、南货店、潮润的石板街以及停泊在岸边炊烟袅袅的渔船。那鳞次栉比的临河房舍，一派粉墙黛瓦，涂抹着粼粼波光，无比静寂。河面上常常会漂浮着茭白、青菜和水草，时不时一条鲫鱼腾地从水草中跳起来，激起一片诱人的水花。

普庆桥，是一座历史悠久的石拱桥。桥边的缝隙里，垂下长长的藤蔓，甚至还有殷红的浆果。花岗岩做成的桥拱是圆圆的，一半在岸上，一半在河里。我总觉得这是一轮圆月，一轮石头做成的圆月，特别是当一条小船从圆拱下悠然摇过，橹板搅起的波光在石拱上晃动的时候，心里会钻出一种朦朦胧胧的感动。

斑驳的桥柱上，刻着一副对联："两岸烟飞通海市，一溪浪涌接澄湖。"长大了以后，我才知道，这两句话不仅说明了古镇的地理位置，也告诉我们，明代初年时这里便是水路畅通、市场活跃。有几位成功的商人驾着大船，从这里出发，经澄湖至吴淞江，然后出海经商，获得了让人难以想象的利润，也促使古镇迅速繁荣起来。

至今，我还清楚地记得，20 世纪 70 年代在周巷摆渡过吴淞江的情景。周巷是一个重要的古渡口，谁也说不清存在了多少年。民间流传着许多关于风浪、摆渡客和艄公的故事。若想在月黑风高、斜雨扑面的夜晚过江，是很需要一些胆量的。

后来查阅地方志，才知道，周巷渡口是一个大渡口，也很有些来历的。"周巷渡，今为义渡，县南周巷村口，旧名退军渡，宋韩世宗退军于此，故名。渡口有退军庵。国朝康熙中，里人集资筑桥于渡，甫成而圮，仍舟渡如初。至道光年，里人捐田八十六亩零，为渡工薪水，作为义渡，归敦善堂经理。"

吴淞江风急浪高滩阔，在这里建桥是十分艰难的。康熙年间，人们建起了桥梁，但不多久就塌圮了。

20 世纪 80 年代后，随着经济建设和城市交通的发展，政府终于修建了跨江大桥，据说是内河上体量最大的钢筋水泥桥。但很快就显得落后了，几次修葺、拓宽，似乎仍难以适应愈来愈拥挤的车流。近年来，随着几条跨江公路的南延，吴淞江上陆续新增了好几座斜拉索大桥，凌空飞架，气势非凡。驾驶小轿车行走其上，心里总是感到很豪迈。

不过，提起吴淞江上的大桥，还是要数被誉为“江南第一长桥”的垂虹桥最为有名。

垂虹桥由北宋庆历八年（公元1048年）县尉王廷坚主持建造。桥下，是太湖通往吴淞江和苏杭大运河的一个溢口。《吴郡图经续记》曰：“桥成，而舟楫免于风波，徒行者晨暮往归，皆为坦道矣。”所以这座桥最初叫做利往桥，俗称长桥。“东西千余尺，用木万计”“萦以修栏，甃以净甓”。用于桥身和桥栏的砖木材料，无以计数。由于桥中心有亭子，翼然而立，名曰垂虹，所以人们称之为垂虹桥。桥身三起三伏，环如半月，长若垂虹，气势不凡。从南宋以来，历代都有修缮。

历代文人雅士，留下了许多描绘垂虹桥的诗篇。如北宋苏舜钦的诗句：“云头艳艳开金饼，水面沉沉卧彩虹。”杨杰的诗句：“八十丈虹晴卧影，一千顷玉碧无瑕。”元代诗人萨都剌的诗：“插天带东势嵯峨，截断吴江一幅罗。江北江南连地脉，人来人往渡天河。龙腰撑云渔舟去，鳌背高驰驷马过。桥上青山桥下水，世人曾见几风波。”无不脍炙人口。

沈周则留下了《垂虹桥》图。垂虹桥古意盎然，桥后屋宇相连，坡岸水边有柳树数株，树后复一长坡，渔舟密集，桅杆丛立，坡后隐隐又有数屋。桥只画十三孔，中隆而左右平缓，有行人漫步桥上，一人杖策回首与人交谈，一人趋前应答，二童子随后，一抱琴，一持伞。桥中即为垂虹亭。前有属屋一椽，歇山顶。亭红墙墨顶。桥左，坡上柳树成林，坡下有临湖小路，及石驳岸、石栏杆。后又有临水小屋数间，树梢露出殿宇、佛塔。远山连亘于湖上。画卷上还有沈周、江文、文嘉、王穉登、王世贞等五人的题诗，与之珠联璧合。

在昆山陆家镇境内，曾经有一座万安桥，俗称江桥。据民国《菉溪录》记载：桥始建于明代崇祯十三年（公元 1640 年），由钱谦益倡议建造。但由于吴淞江水阔浪急，来往的运输船只又多，刚刚立好的桥墩遭受船只撞击，受损严重，迟迟未能竣工。一直到了清代康熙初年，经当地僧人募捐，重建了一座三孔石桥，三洞如环，横卧于吴淞江上。当地人将它列为菉溪八景之一——“江桥望月”。

然而，这座好不容易建成的石桥，经不起吴淞江波浪的冲击，在雍正五年（公元 1727 年）倾塌了，倾塌时声震十里。从此，人们不得不回到依靠渡船来往于两岸的艰辛日子。

吴淞江逶迤东流，船是风浪中最常见的交通工具。清末民初，来往于此的人们，大致乘坐这么几种船只：一是定班航船，二是宽敞豪华的官船，三是无锡人操办的无锡快，四是有篷帆的农船。但是在清同治末年，已经出现了内河小轮船。一开始不过是专供雇用，后来渐渐兼有搭客和载货的功能，主要是承担苏州与上海之间的运输。到了光绪年间，有人办起了轮船公司，不久招商局的轮船也开始运营了。

但要跨过宽阔的吴淞江，以往靠人工摆渡，显然仍有诸多不便。造桥，便成为一代又一代人的梦想。

苏州河上有多少座桥梁？有老上海做过统计，一共是 31 座。这些桥梁，建造年代不同，风格各异，功能也有所差别。

从东到西，这 31 座桥依次为：外白渡桥、乍浦路桥、四川路桥、河南路桥、山西路桥、福建路桥、浙江路桥、西藏路桥、乌镇路桥、新闸路桥、南北高架桥、恒丰路桥、普济路桥、长寿路桥、昌化路桥、江宁路桥、西康路桥、镇坪路桥、宝成桥、武宁路桥、曹杨路桥、华政桥、凯旋路桥、中山西路桥、内环线高架桥、万航渡路桥、古北路桥、泸定路桥、中环真北路桥、祁连山南路桥、外环线吴淞江大桥。

这些是寄托着上海人乡愁的“外婆桥”。

一份在“看看新闻网”公开的资料表明，这些跨江之桥，年代比较悠久的，大多位于西藏路桥以东，如四川路桥、西藏路桥、乍浦路桥、河南路桥等，属于典型的欧式风格桥梁，显然与上海开埠，洋人大量涌入有关，现在成为苏州河上的景观桥。苏州河西段的桥梁，如古北路桥、祁连山南路桥等，多是上海解放后陆续新建的，呈现雄壮而简洁的现代风格。改革开放后，上海城市建设飞速发展，内环线、外环线上的大桥，更多地发挥着交通功能，却也体现着今日上海作为国际化大都市的风貌。

31 座跨江桥，每一座都有故事。我在援引这些故事时，仅仅作了文字上的删改和修饰。

外白渡桥，在上海方言的语境里，这个名字其实很容易理解，“白渡”为过河免费，不必付钱。原来，最初的“外白渡桥”，建造于咸丰六年（公元 1856 年）年，是一座简易的木桥，中间有一个活动桥面，船只驶过时，必须人工起吊。它当时的名字为“威尔斯桥”，是由供职于怡和洋行的英国人威尔斯和宝顺洋行的韦韧、霍梅等人投资建造的。桥长 137.25 米，宽 7.015 米，规模不小。威尔斯声称，经上海道台特许，每个人过桥都要交“过桥税”。可是，外国人的车辆及仆役一概免费，被收税的只有华人。上海居民十分愤怒，纷纷聚众抗争。

广东人詹若愚果断斥资，在今天的山西路口设置义渡，免费接送两岸华人。因为市民不再付钱，所以称之为“白渡”。租界工部局知道众怒难犯，也于光绪二年（公元 1876 年）在威尔斯桥附近建造了木质浮桥，过桥免费。它毗邻外滩公园，被定名为“公园桥”。从此，这里过桥不再付费，被称为“外白渡桥”。原来的“威尔斯桥”则被工部局收购后拆除。

到了清光绪年间，木桥几经补修，已不能适应交通发展的需要，工部局决定另建钢桥代替。光绪三十二年，打下第一根桩，第二年竣工，交付使用。桥宽 18.29 米，长 52.12 米，采用当时技术水平最高的钢铁结构。这座中国第一的全钢结构桥梁，由当时上海公共租界工部局主持修造，所有钢材料则全都从英国进口，并且由英国工程技术人员完成整座桥梁的设计和架构。

外白渡桥发挥着重要的交通作用，也是外滩风景区的一部分。而作为上海的重要标识之一，它更记载着上海不可遗忘的历史：1937 年上海沦陷，当时中国人过桥都要毕恭毕敬地向在桥头站岗的日本兵鞠躬，稍有不慎，就会遭到毒打或罚跪，甚至被狗咬。在桥的东南面，便是记载着“华人与狗不得入内”屈辱历史的黄浦公园。

乍浦路桥，北连乍浦路，南接虎丘路。始建于 1927 年，是一座欧式风格的三孔钢筋混凝土桥。1927 年之前，这里还是一座木桥。木桥最初建造于同治十二年（公元 1873 年）。而在建木桥前，这里曾经有过一座浮桥，是传教士文惠廉建造的。因为紧靠“外白渡桥”，所以上海人喜欢称之为“里摆渡桥”，或者“二白渡桥”。

苏州河沿岸有不少著名地标性建筑，上海邮政总局大楼就是一处。它坐落于四川路桥北堍，始建于 1924 年，当时的造价为 320 万银元。由沪上著名的英商思九生洋行负责设计，余洪记营造厂营建。大楼拥有号称“远东第一大厅”的邮政营业厅。

与这幢大楼同时建造的，则是四川路桥。

四川路桥建成于1923年，当时取名为“邮政局桥”，1943年起改称“四川路桥”。桥址最初也是一个渡口，名叫“二坝郎渡口”。光绪四年工部局曾在这里建木桥，几经修整重建后，于1922年拆除改建。

1949年5月24日，人民解放军第三野战军从周家渡上船，迅速渡过黄浦江，在江南造船厂码头登陆，沿着西藏南路往西藏中路冲锋。四川路桥边的邮政大楼，是国民党军队困守苏州河河畔的最后一个据点。解放军严格遵守命令，对负隅顽抗的国民党官兵只开枪、不开炮，为的是保护具有历史价值的建筑。赢得胜利的代价，是不少战士倒在了四川路桥桥面的血泊里……

这场战斗，后来被陈毅形象地比喻为“在瓷器店里打老鼠”。

有外白渡桥，有二白渡桥，就可能会有三白渡桥。苏州河上的三白渡桥，是河南路桥。

道光二十三年（公元1843年）的时候，这里曾有一个渡口，人称“三摆渡”。后来，人们在这里建造了一座长达62米的驼峰式六孔木桥，以便利交通，替代这个摆渡口。1925年，这座木桥又被改建成钢筋混凝土的均衡翅式带悬桥，沿用至今。由于桥堍下曾建有天后宫，所以老百姓常常称之为“天后宫桥”。

在老上海的嘴里，福建路桥的另一个名字是“老闸桥”。因为当年这里留有一座年代久远的石闸。光绪元年，人们在这里建起了一座木桥，俗称老闸桥，直到1962年才被拆除。现在的桥梁，是1968年建成的。由于正处在“文革”中，建造质量可想而知。

与老闸桥相对应的是新闸桥，一座载重量仅3吨的钢架步行桥。但它很有标志意义。上海闸北区，就意味着是在这座桥以北的地区。

今天的许多年轻人或许不了解，恒丰路桥原来叫“舢板厂新桥”。当初，这里曾经是外国人办的赛船总会的所在地——上海人称之为“舢板厂”。光绪二十九年，由广东和浙江的商人集资，在这里建造了一座木桁架桥。1927 年重建后，正式改名“恒丰桥”。现在的桥是 1987 年重建的，已跟原先大不一样。

在老上海的印象中，在苏州河上有一座连接山西南路和山西北路的六孔木桥，被称为“盆汤弄桥”。这个名字是什么含义呢？因为最初山西路叫作“盆汤弄”。1956 年，因为木桥太陈旧了，被拆除殆尽，以后就再也没有重建。2006 年，河南路桥改建时，为了方便行人过河，建造了现在的山西路桥。

苏州河上的桥，不仅有用“盆汤弄”来命名的，还有以“垃圾”来命名的。有两座桥，分别叫做新、老垃圾桥。老垃圾桥，就是今天的浙江路桥，这是苏州河上，除外白渡桥之外的另一座钢桁架结构百年老桥，建成于光绪三十四年。在建造这座钢桥前，因为这里原来有一座始建于光绪六年的木桥，木桥旁边是垃圾码头，所以俗称“垃圾桥”或“老垃圾桥”。

浙江路桥（原老垃圾桥）

新垃圾桥比老垃圾桥更出名，它就是今天的西藏路桥，老上海也称之为“泥城桥”。其实泥城桥得名于泥城浜，泥城浜是在今天的北京东路、西藏中路一带。100 多年前，这里是一条北连苏州河，南接洋泾浜（现延安东路）的无名小浜。清道光二十八年，上海英租界西扩，它成为租界西边的界河。咸丰三年，太平天国军队占据南京、镇江后，上海县城爆发了小刀会起义。英、法、美租界当局为了防止太平军东进，保护租界利益，在清廷和太平天国之间采取“中立”政策。他们调动军舰进入黄浦江。同时，上海的英、美、法三租界联合起来组织了一支准军事化的商人武装——上海万国商团。为了阻止清军通过租界攻打城内小刀会，当局还把西边的界河挖深加宽，称之为护界河。挖出来的河泥，堆成一道 2 米高的泥城墙，挖沟成浜，泥城浜就这样得名了。

长寿路桥，是上海解放后建造的第一座架设在苏州河上的桥

江宁路桥

梁。1951年开工，1953年竣工。原有的桥，毁于日军占领时期。新中国成立后，上海市人民政府工务局几经勘查，投资人民币376万元，建造了贯通东西的永久性桥梁。今天看起来，这不过是小数字，然而在当年，这笔投资占了上海财政全年支出的2%。至于今天的长寿路桥，则是20世纪90年代末才新建的。

共和新路桥，于1995年建成通车，一头接着上海的“大动脉”——南北高架路，是苏州河上最宽的桥。

江宁路桥，建于1929年，最早的时候只是一座五孔木桥，因为桥北是建于1922年的中央造币厂，所以被称为造币厂桥。1968年，这座经多次修建的木桥被改建为钢筋混凝土桥，南通江宁路，北接光复西路。2011年底又一次被改建，于2012年12月通车。

宝成桥，又名叶家宅路桥，南面与长寿路相邻，北面与光复西路相连。1931年，由苏州河北岸的崇信纱厂杨杏堤等人捐资建造，为五孔木质行人桥，主要供厂里的工人上下班使用。它之所以被称为宝成桥，是因为如今的叶家宅路，当年叫做宝成弄。1937年“八一三”事件爆发时，桥被日军飞机炸毁，修复后曾改用崇东桥的名字。因为桥址在原谈家渡口，又名谈家渡木桥。1971年，木桥被改建成钢筋混凝土桩基，成为苏州河上唯一的一座双曲拱梁人行桥。后来为了迎接上海世博会，政府重新恢复其宝成原名，对桥身也进行了美化改造。

1915年，辛亥革命后不久，民国政府交通部就着手建设沪杭铁路。为了使火车通过苏州河，在今天凯旋路桥的位置，建了一座钢结构桥梁。官方的名称为沪杭铁路二号桥，北跨光复西路，南连万航渡路。1949年桥被炸毁后，在原址建成了现在的凯旋路桥，分成平行的两部分，一座通轻轨线，一座行车行人。

中山路三号桥，上海人习惯称它中山桥，是1930年在修筑中山路时建造的，当时只是木结构车行桥。1937年被日军的炮弹炸毁，后来在原地修复。解放战争时，被国民党军队炸毁，新中国成立后人民政府投资修复。1960年9月，在中山环路拓宽改建时拆除旧桥，在原桥西侧建成大型永久性桥梁，为钢筋混凝土桩基、双悬臂T形梁，三孔，中孔为主航道，边孔均跨越河道及沿河道路呈立交状。1985年整修和加固，成为中山环路上的重要桥梁。

北新泾桥，原名真北路一号桥，1932年在修筑真北路时建造，为木结构桥。1964年底旧桥拆除，移址另建新桥，改为北新泾桥。桥长80.4米，宽10米，为钢筋混凝土桩基、单悬臂梁，是上海市区西部联系吴淞江南北的重要桥梁。

作为一种建筑文化，桥从诞生的那一天起，就不仅仅是路的组成部分，也不仅仅是济水之具，给人们提供极大的便利，它同时也是构成城镇环境的重要建筑，是一种独特的文化载体。它与人们的社会生活和思想形态有着密切的联系。

在上海的城市发展史中，桥梁自有辉煌的一页。苏州河上，建筑、道路与桥梁同步发展，而且在桥梁建设突飞猛进时，上海才真正脱胎换骨，呈现崭新的面貌。开埠以来，以各种形式各种风格建成的桥梁，与苏州河融为一体，构成一道独特的风景线。苏州河两岸，也因而成为近代企业和仓储最为集中的地区，为上海成为全国工商业中心奠定了基础，出现了空前繁华的景象。

20世纪90年代初，浦东开发开放成为上海发展的又一次历史机遇。开发浦东的一个首要的条件，就是浦东与浦西的贯通。南浦大桥成为黄浦江上第一座上海市区连接浦东的大桥。不久，杨浦大桥又凌空飞架，使天堑变通途。如今，黄浦江江面上已有杨浦、南浦、卢浦、徐浦、奉浦和松浦 6 座大桥，加上数条越江隧道，使浦东、浦西间的来往十分便捷。所有这些，无疑给上海的发展插上了腾飞的翅膀。

保护母亲河

吴越春秋的主题词是“争霸”。

春秋末期，位居长江下游的两个诸侯国——吴国和越国——之间进行过一次漫长而激烈的争霸战争。从周敬王十年（公元前 510 年）开始，一直持续到周元王元年（公元前 475 年），在长达 35 年的岁月中，双方征战不断。经过吴伐越的槜李之战、越伐吴的夫椒之战、笠泽之战和姑苏围困战，最终吴王夫差自杀，吴国灭亡，而越王勾践成为春秋时期最后一位霸主。

笠泽之战，就发生在吴淞江上。

周敬王六年，才登上吴国王位的阖闾，立即任用了逃亡到吴国的原楚国贵族伍子胥和齐国的孙武，大胆改革内政，“立城郭，设守备，实仓廪，治兵库”，不仅扩充军队，加强战备，并且制定了“西破强楚，北威齐晋，南服越人”的战略方针。苏州古城，正是在吴王阖闾指挥下建造的，奠定了 2500 年的老城区规模。

就在吴国致力于建设、发展迅速时，楚国却悄悄花费不少人力物力，去帮助越国，拖吴国的后腿。那时候，定都会稽（今浙江绍兴）的越国，领土狭小、人口稀少、经济文化发展相对落后。由于楚国采取联越制吴的策略，不仅派遣大将文种和范蠡辅助越王发展生产、教练兵马，甚至派出欧冶子帮助越国冶铁，制造武器，终于促使越国的经济和军事力量逐渐壮大了起来。

周敬王十年，吴国进攻越国，两国争战就此展开。双方你来我往，开始了长期的拉锯战。

周敬王二十六年，越国被吴国打败了，败得很惨。越王勾践在表面上接受失败，暗中则卧薪尝胆，吸取教训，积聚力量，伺机灭吴。吴王夫差错误估计了自己，恃胜而骄，急欲图霸中原，连年向外用兵，对越国根本不加戒备。越王勾践却很有心计，特意将苎萝山下的美女西施、郑旦加以训练，赠送给吴王夫差。吴王日夜沉醉于馆娃宫的歌舞升平中，哪儿会想到自己中了美人计？

不久，勾践采纳大夫范蠡、文种建议，趁吴王赴黄池（今河南封丘南）会盟之际，突然袭击吴都姑苏（今苏州）。当吴国军队急忙回师江东，越国军队早已攻破吴都，并且杀了夫差的太子。

不过，尽管越军与回师后的吴军主力进行过几次接触战，取得了胜利，但由于吴军主力尚在，越军要想毕其功于一役是不可能的，因此吴越双方暂时还是停战言和了。

周敬王三十八年，经过议和，越国获得了吴淞江以南的土地，取得了整个杭嘉湖平原的控制权。吴国则暂时保住了吴淞江以北的苏锡常平原。此刻，吴越双方的实力对比，已经悄悄发生逆转，形势变得对越国愈发有利，或者说越国成为江东之主只是时间问题了。

4 年之后，越国终于对吴国展开了决战。

这一次，吴国已经没有了在杭嘉湖平原上的缓冲地，吴淞江直接成为了吴越两军的分割线。

当时的吴越地区“以船为车，以楫为马”，是一片河湖纵横的水乡泽国。吴淞江堪称天然军事屏障。越军要突破吴淞江，并非易事。

周敬王四十二年，吴国不幸遭受旱灾，“大荒荐饥，市无赤米，而囷鹿空虚”，老百姓被迫移往东海之滨，以就蒲蠃之食。这时，越大夫文种乘机献上了伐吴之计。勾践接受了文种的建议，决定起兵伐吴。临行时，他拣选精兵，命一家兄弟四五人在军中者返回一人，命将患疾病者、老弱者、智力不足以听命者遣返归家。同时对畏缩不前者一律斩杀。他号令军中：凡是有“归而不归，处而不处，进而不进，退而不退，左而不左，右而不右”者，“身斩，妻子鬻”，以统一号令，使全军上下确立了战斗至死的决心。

越军在北进中还发生了一个有趣的故事。

一天，越王的战车遇到了一只癞蛤蟆。癞蛤蟆看见巨大的车子，不但不逃避，反而鼓足了气，凸出了眼睛，怒气冲冲，好像要和战车决战。越王立即从车里站起来，对这只癞蛤蟆致敬，并且命令车子绕过去，不准碾死它。手下的人觉得很奇怪，不明白越王为什么对癞蛤蟆如此敬重。越王说，癞蛤蟆看见了比它大很多倍的车子，一点也不恐惧，这种勇气很令人钦佩，我要是有这样勇敢的士兵就好了！越王的话在军队中流传开来。大家说，越王敬重癞蛤蟆，就是敬重有勇气的人，我们受了越王十几年的恩惠，难道还不如一只癞蛤蟆吗？于是，士兵们一个个摩拳擦掌，充满了强烈的求战欲望。

勾践率越军大举攻吴，夫差立即率军到笠泽江抵御。

吴国军队在江北，越国军队在江南，两军夹江水布阵。入夜后，勾践抽出部分兵力组成左、右两队，令左队溯江而上 5 里，就地待命；令右队顺江而下 5 里，就地待命。半夜时分，他又突然命令左、右两队鸣鼓渡江，在水中央待命。吴军得到信息，知道越军已分两队渡江，准备夹击吴军，不到天明，也将军队分为两部分，以抵御越军。越王勾践趁机率三军主力，以 6000 锐卒为先锋，偃旗息鼓，秘密渡江，发起突然攻击，吴军大乱败退。两路吴军来不及回救，随之溃逃。越军乘胜猛追，接连大败吴军，迫使夫差退守姑苏。

这一战，越军利用暗夜，两翼佯动，诱敌分兵，乘虚偷渡，实施中央突破，成为中国古代战争史上一次著名的渡江奇袭战。

笠泽之战过后，吴越两国军事实力对比发生了根本性变化，越国占有绝对优势……

谁承想，2500年以后，在苏州河上，又发生了一场持久的“战争”——为了保护上海的母亲河。

苏州河见证了上海从一个滨海小渔村，发展成为国际大都市的历史，记录了上海因中西文化交汇、交融而快速发展的现代化进程。所以，苏州河被誉为“上海的母亲河”。

黄浦江也哺育了上海的城市文明。开埠以后，黄浦江的作用越来越彰显，特别是20世纪90年代浦东开发开放之后，大桥飞架，隧道贯通，陆家嘴的高楼大厦与外滩近代建筑群遥相呼应，彻底打破了上海延续近一个半世纪的“西城东乡”格局。

然而，我们从历史文化的角度看，苏州河的地位无疑是在黄浦江之上的。

几千年来，蜿蜒流长的苏州河以丰盛的物产，让两岸的百姓安居乐业，孕育了温厚柔美的水乡风情，更成为一方人杰地灵的乐土。这恰恰是上海这座城市的世风人情和文化品格的基因。

回头看去，100年前，两岸尚是田园风光的苏州河，河水澄澈见底，双手一掬就可以饮用。据说，当时的租界当局为了建造自来水厂选址，曾经派人对苏州河、黄浦江和淀山湖的水质进行采样，并且将样本送到英国有关机构化验分析。结果发现，苏州河的水质是最佳的，几乎可以与英国的饮用水源相媲美。

然而，一切都在变化中。随着上海出现租界，特别是第一次世界大战期间，外滩沿江一带，接二连三地建起高楼大厦，使这里成为“冒险家的乐园”，西方资本家纷纷登陆上海，苏州河的安谧宁静很快被打破了。流畅的苏州河，成了运送生产原料和廉价劳动力的黄金水道。驳岸上，不断建造起仓库、码头和棉纺、粮食加工、造纸、化工、制药等行业的工厂作坊，随之聚集起大量的劳动者，住在这里的居民也不断增多。大量的工业废水和生活污水，不可避免地被制造出来，几乎全部排入了苏州河。纯净的苏州河水体遭到严重污染，开始变得浑浊污秽。

自然，我们也不能不看到，苏州河在被污染的同时，孕育了中国近代工业文明的萌芽。上海的城市文明正是在这里迈开了新的脚步。东西方文化也在这里实现了碰撞与融合。

上海的近代工业，最初只是简单的纺织业、缫丝业、面粉业、火柴业。19 世纪 60 年代，发昌机器厂的诞生，宣告上海拥有了中国最早的近代民族资本主义企业。同治四年（公元 1865 年），江南机器制造总局成立，更成为中国最早使用机器进行生产的近代军事工业企业。在从道光二十年（公元 1840 年）到光绪二十一年（公元 1895 年）的半个多世纪中，苏州河两岸迅速地涌现出近代化的船舶制造业、印刷业、食品工业等新型门类，足有 11 个。

同治四年，外资创办的大英自来火房（上海煤气公司的前身）正式建成并对外供气。这不仅是全上海，也是全中国第一家煤气厂。煤气灯，代替了蜡烛和煤油灯，在夜晚大放光明，从此使上海有了“不夜城”的美誉，也让人们的生活方式发生了很大改变。

无锡荣宗敬、荣德生兄弟于 1913 年与人合资，在新闸桥西光复路创办福新面粉厂，标志着荣氏上海面粉集团的诞生，而建于光绪四年的第一家动力纺织厂——申新纺织第九厂，则开启了中国近代民族工业的新纪元。此后，达丰染织厂、第一印染厂、第一纺织机械厂等企业陆续创办。四行仓库（金城、中南、大陆、盐业四家银行的仓库)，在20世纪30年代初建成，引人瞩目。而位于沙泾路上的上海工部局宰牲场，被称为远东第一大屠宰场。坐落在光复西路上的中央造币厂，是仿照美国费城造币厂的样式建造的。今天仍然保留着铸币厂房、办公楼和水塔等建筑，令人怀想当年的气派。

查阅上海近代史料可以发现，当年在老垃圾桥（今浙江路桥）和新垃圾桥（今西藏路桥）之间的苏州河北岸，还建造了许多大型仓栈，包括中国银行货栈、中国实业银行货栈、中一信托公司仓库、中国工业银行仓库、滋康钱庄仓库、浙江兴业银行仓库、金城银行仓库、聚兴盛银行第一仓库、江苏农民银行上海分行仓库、浦东银行仓库等等。光听这些名字，就能想象其兴盛。

在这附近的苏州河河畔，还辟有客运码头。一些中外轮船公司经营着前往青浦、常熟、湖州、苏州、无锡、常州以及镇江等地的客运航线，南来北往的乘客熙熙攘攘。

然而，畅通无阻的苏州河，带来了水上航道的便捷，营造出上海近代诸多民族企业和大小仓储业，也引起了水环境的严重恶化，开始威胁人们的生命安全。

上海开埠前，人们几乎都是在附近的市河里淘米、洗菜，拎取河水为饮用水。开埠后，由于老城厢河道变浅、变窄，河水难以饮用，人们便趁早晚两次黄浦江涨潮时，前往洋泾浜和吴淞江，汲取江潮带来的清洁水。但随着水环境的污染恶化，去何处寻找清洁水源，成了一个棘手的问题。何况，许多居住在租界的外商也有饮水的要求。

于是，英商率先在光绪七年建立了杨树浦自来水公司，两年后开始向租界内的居民供水。接着，法商于光绪二十一年在董家渡也建立了自来水厂。第二年，华商冒骧也在半淞园附近投资筹建自来水公司，5 年后开始供水。另一座由华界人士为抵制英租界的扩张而建立起来的闸北水电公司，始创于光绪三十三年，4 年后的宣统三年（公元 1911 年）开始供水。后来因吴淞江水质恶化，迁移至黄浦江下游。

有专家考证，最早给苏州河造成重大污染的，是 19 世纪 60 年代英国人创办的酸碱厂排放的废料。紧随其后的 40 余家外商企业，图水上运输之便，大多分布在黄浦江、苏州河和它们的支流沿岸，工业废水未经任何处理，就直接排入苏州河。与此同时，不断增加的两岸居民，每天也会产生大量的废弃物、生活污水。还有日夜行驶在河道上的运粪船和垃圾船，都不断将污秽的物质丢弃、撒落在苏州河中，日渐改变着苏州河的水色和水质。

苏州河有一定的自净能力，能将水里的污染物质降解、稀释。但是，当污染越来越严重时，它即便有很强的生命力，也难以抵挡工业猛兽的冲击。

苏州河旧影

1920年，苏州河外白渡桥至澳门路的河道水域，发生了黑臭性污染。随即，杨树浦、日晖港、沙泾港、虹口港等主要河段，也开始遭受同样的命运。1922年，工部局建造了北区污水处理厂，将生活污水处理后，经过沙泾港排入黄浦江。4年后又建造了两座污水处理厂。这些污水处理系统，每天可以处理污水1.5万吨。

纵然如此，治理的步伐仍远远赶不上污染的速度。

新中国成立后的上海，为了改变落后的一穷二白的面貌，大力发展工业经济。当时的指导思想，是将原来的多功能城市，逐步转变为单一的工业中心城市。市政府加强了苏州河河畔许多工厂的建设，并新建了北新泾、彭浦、桃浦、长风、安亭等工业区和曹杨、天山等许多住宅小区。这样一来，苏州河沿岸的工业厂房更加密集，人口居住也更加集中。

工厂企业对上海的经济发展做出了巨大贡献，但也不可避免地成为苏州河的重要污染源。到了20世纪七八十年代，上海郊区的嘉定、闵行、青浦等地，更是大力发展乡镇企业。特别是那些浪费资源、技术落后、污染严重的小化工厂、小棉纺厂、小水泥厂、小玻璃厂、小火电厂，基本都是土法上马，小打小闹。产品质量低劣，技术装备落后，缺乏治理设施，使得苏州河上游的水污染更加严重。

进入20世纪80年代后，苏州河黑臭状况日益明显，以致形成了一条自河口至华漕长达23千米的黑臭污水带。枯水期间，黑臭污水可上溯至黄渡附近。一年中的黑臭天数甚至达到了300天。

元代画家倪瓒曾经写过一首《画吴松山色赠潘以仁》，诗云："吴淞春水绿，摇荡半江云。岚翠窗前落，松声渚际闻。张君狂嗜古，容我醉书裙。鼓枻他年去，相从远俗氛。"他的画中有诗，诗中有画。吴淞江，在他的笔下是何等的秀美！

读到他的诗句的人们，无不心生感慨："我们的母亲河，早已失去昔日的风华，正在发出无奈的呻吟……"

在人们焦灼的企盼中，国务院批准了苏州河合流污水工程的项目建议书。一场保护苏州河的战斗，开始了。

1986年，上海市政府批准了治理工程的初步设计方案，两年后工程正式启动。1993年，苏州河合流污水一期工程通水运行，水质得到了一定程度的改善，水体功能得到了一定程度的恢复。

3年后，上海市政府进一步展开了对苏州河的治理工作。当时的市长徐匡迪，亲自出任苏州河环境综合整治领导小组组长，组织众多专家进行深入研究，并提出了"截流、治污、清淤、引清、绿化"的十字方针。沿苏州河的八区一县，也相继成立了专门机构。

根据规划，全部整治工作将分两步走，第一步是在2000年基本消除苏州河黑臭现象。第二步是到2010年，市区河段中重现鱼虾，苏州河及其沿岸将被打造成上海一道美丽的风景线。

2000年11月，有关部门在苏州河河口段举行了一次赛艇比赛，经过媒体传播，轰动了整个上海。技术检测表明，苏州河干流水体的毒性已明显下降，市区河段内已经发现有小鱼在游动。2003年，滨河绿化岸线已经达到了15千米。而到了10多年后的今天，人们已可乘坐游艇从梦清园码头出发，沿着苏州河穿过桥洞，行驶到浙江路桥后返航。一路上，池塘风荷、九曲木桥、仿古水车、葡萄架、游艇码头、生态湿地……江南水乡风光尽收眼底。

造成苏州河黑臭的主要污染源还来自它的一些支流。苏州河中下游的彭越浦、真如港、木渎港、新泾港、申纪港、华漕港6条主要支流的水质，都低于国家地表水五类标准。造成污染现象的原因是多方面的，治理的方法却只有截污、治污。不仅要阻断污水从支流流向苏州河，还要完善工程范围内的排水系统，给污水提供出路。

事实上，污染底泥的累积是一个非常漫长的过程。也许，自从上海开埠以来，河水就逐步受到污染，多年间各种污染物渐渐积附到河底，从未被清理过。河底污泥对水质的影响很大，河底不仅存在着大量的、能消耗水中氧气的有机污染物，还积累了大量的有毒有害的污染物。底泥中的污染物对栖息其间的生物，也会造成明显的污染。

清除苏州河河底的淤泥，用沪语说，是“兜底翻”了。

为了攻克这一顽症，治理专家们在认真研究了苏州河底泥的水力特性、储量分布、疏浚范围以及与水质的关系后，集思广益，发明了一种清除底泥的新技术。这种技术，开拓了一条污染底泥在建材领域变废为宝的新途径。

历届上海市委、市政府主要领导，对保护母亲河都给予高度重视。从 2000 年 5 月起，苏州河综合调水措施，成为苏州河整治的一项经常性工作。通过闸门调整增加上游来水量，改变了苏州河潮汐往复由西向东的单向流动，极大地消除了苏州河干流黑臭现象。与此同时，有关部门又采取措施：在市中心河段禁止货船航行；降低防汛墙高度，建筑滨河护栏和亲水平台，使人与水更亲近。

经过多年努力，苏州河水质达到了国家地面水四类标准。水体的生态系统逐步恢复，绝迹多年的鱼虾重返河水。这一目标的实现，意味着苏州河的治理，已经卓有成效。但工作没有松懈。这两年实行“河长制”，市长兼任总河长，河道治理跃上了新台阶。

梦清园，是一座具有一定规模的环保主题公园。它坐落在苏州河南岸、宜昌路以北、昌化路以西、江宁路桥东侧，以亲水性、大绿量为主要特色。园内草坪面积约 9450 平方米，乔木和灌木面积 54450 平方米。它是目前苏州河河畔最大的一块绿地，也是上海第一个活水公园。经过处理后的苏州河河水不仅可用于灌溉，还流入宽阔的人工湖，供孩子嬉戏——这正是苏州河的本来面貌。

今天，有谁能想到，梦清园的原址曾经是苏州河污染最严重的地段之一呢？为了建设梦清园，政府动迁居民754户，搬迁企业18家，投入了巨大的财力、物力和人力。

梦清园的建成，标志着苏州河河水环境治理达到了一个新的高度。

在一期、二期截污治理工程后，黄浦江与苏州河交界处的黑带不太明显了，但水质依然浑浊。特别是遇到暴雨天气，一些防汛泵站把污水管道里面的污染物全都排进苏州河。建造雨水调蓄池，把原本排到苏州河里去的污水，截流在调蓄池里，经过处理后再排进河里，也就成为消除苏州河黑臭、改善苏州河水质的一项重要措施。

2011年新年伊始，苏州河中心城区段底泥疏浚工程正式启动。这意味着沉睡百年的苏州河黑臭底泥，将得到大规模疏浚。

由于苏州河长年累月淤积的黑臭底泥成分非常复杂，加上桥梁众多，跨越河道埋设，位置不确定的管线很多，施工区域又在人口密集的市中心，疏浚工程存在着诸多不利因素。

幸而，水务、海事、公安、环卫和施工单位共同努力，克服重重困难，顺利地完成了疏浚任务。疏浚工程总土方量达130万立方米，这是苏州河疏浚历史上从未有过的。

将治理苏州河的过程一一道来，未免枯燥乏味，难有文采。但总的来说，对于苏州河的治理，上海人付出了艰辛的努力，也取得了令人兴奋的成果，苏州河正日益朝着与国际一流都市身份相匹配的生态之河、文化之河、和谐之河的目标迈进。

顺便说一句，文化创意产业，被称为“21世纪全球最富活力的产业”，利用苏州河工厂建筑的空间，进行创意改建，创造新的文化艺术环境，是再循环、再利用、可持续发展观点的体现。在上海如此拥挤的大都市，高大通敞的空间是可遇而不可求的，工业厂房蕴藏着巨大的经济利用可能性。如今，随着工业技术的升级换代，沿岸众多仓库经过改建，成了各种文化创意产业工作室，苏州河河畔必将逐步形成一条重要的文化产业带。

许多密切关注自然生态的专家说，苏州河是一条承载着深厚历史文化积淀的特殊河流，必须充分兼顾它的自然与人文属性，在抓紧治理污染、修复自然生态的同时，还要努力保护与构建苏州河的人文生态系统。

首先，河里要有鱼、河上要有鸟，而且都要货真价实。河岸的生物植被，不仅要品种多样，而且要能够连片成线。其次，苏州河旁应该营造浓郁的文化气息。

这些年，随着苏州河两岸商业楼盘的开发，历史文化留痕正明显淡去，河岸上的大型活动却越来越频繁。所有这些，给不少商业气息浓重的“文化设施”，增添了人气、吸引了买主，却给苏州河文化带来了难以愈合的硬伤。

不正是由于苏州河具有丰厚的历史文化底蕴，我们才把她称为母亲河的吗?

显然今天我们治理苏州河，并不是让它完全恢复农耕时代阡陌纵横、水草丰茂、流水潺潺、素朴安宁的模样。这不可能，也没必要。

清同治年间的《上海县志》，曾记载“沪上八景”，其中“吴淞烟雨”“江皋霁雪”“野渡蒹葭”，就都是吴淞江风光。

吴淞烟雨一景，当在古淞江入海口。这里江面开阔，云水缥缈，蒙蒙细雨之中，有江鸥翻飞，白帆游弋，一派烟雨苍茫的景象。即使不是诗人，也会才情大发。

江皋霁雪，是在城墙上登高远望的一景。元代上海县并没有建城墙，一直到明代嘉靖三十二年（公元 1553 年），为了防止倭寇入侵，修建了 9 里长的城墙。后来又逐渐增建了敌楼、箭台等。到万历年间，又在箭台上建了丹凤楼、观音阁、真武庙和大境阁。如今仍存留在人民路大境弄的大境阁，堪称上海老城厢的至宝。

从大境阁眺望吴淞江风云，乃老上海的一大胜景。尤其是在雪后，登临大境阁，远眺汀岸，银装素裹，渔村疏竹，江皋孤艇，勾起世人对人世沧桑的无限想象。很多文人雅士为之吟诗赋词。清道光十六年，两江总督陈銮曾题“大千胜境”四字，镌刻在东首石坊上，大境阁愈加声名大震。

明清时代的吴淞江，有着良好的自然生态环境。清流漾波，水草丰美，蒹葭苍苍，芦花飘雪。野渡蒹葭一景，是指在吴淞江上空寂无人的渡口，“十里芦花雪满天”的独特景致。有人认为，所谓野渡，位于今白莲泾一带，也就是上海世博会附近的区域。那种蒹葭飞花、古桥野渡的自然景象，只能存留在人们的怀想里。

终究生活中的一切都已经发生了根本的变化。

吴淞江应该与时俱进。

吴淞江应该以崭新的风貌，发挥不同以往的功能。

一百多年前的光绪三十四年三月初一（公元 1908 年 4 月 1 日），沪宁铁路建成通车时，沿线的人们纷纷前往车站看稀奇，被这条轰隆轰隆的铁匣子长龙吓得不轻，谁也不明白它为啥能跑得这么快。

有人说，正是因为一百多年前建造了沪宁铁路，才有今天长江三角洲的繁荣与富庶。假如把上海称作龙头，那么昆山、苏州、无锡、常州、镇江、南京等等就是蜿蜒的龙身。一座座散落在长江南岸的城市，由沪宁铁路衔接与串联，构筑起“一小时都市圈”，以各自的风采融合成极具国际竞争力的世界第六大城市群。在城市群的四周，与原本的概念大有改变的农村，也将愈加璀璨夺目。

这番话并不错，可惜的是不完整。只看到沪宁铁路而忽视吴淞江，显然是对历史的割裂。

今天，要让苏州河实现真正意义上的重生，不仅要对整个流域进行认真治理和保护，确保水质不再继续污染，还必须实施产业转型、后发地区的振兴以及历史文化空间的转换。显然，相比其他功能而言，苏州河的文化意义显得更为重要。在今后的日子里，强化对苏州河的文化关怀，必须作为一项长期而重要的工作，切实做好。

画家笔下的苏州河

这里的道理很简单：作为上海的母亲河，苏州河是上海的历史见证，是经济和社会发展的血脉，是上海人的精神家园和守望地。

如果没有苏州河，我们将割断与昨天的联系；如果没有苏州河，我们将失去精神归属的依托；如果没有苏州河，我们的生活将在钢筋水泥、玻璃幕墙包围下，变得粗粝和苍白。

难道不是吗？

龙身与龙头

“东南财赋地，江浙人文薮。”具有极大渗透力的水，是江南城镇的载体，更向江南城镇的经济、建筑、服饰、饮食、交通以及艺术、哲学等渗透，带去不可估量的影响。

犹如龙身一般，吴淞江两岸，由西向东分布着不少洋溢着水乡风情的古镇。从上游算起，第一个当之无愧的是松陵镇。

最早置松陵镇，用于驻军镇守，是在汉高祖元年（公元前206年）。这是吴江县的初始。此后松陵镇一直是吴江（县、市、区）的行政中心。起初古人沿吴淞江建南北两城，称为南津、北津，后来南城被废弃，剩下的北城就是今天的吴江城区。

吴江人杰地灵，恰如她的名字。古往今来，与吴江有关的著名人物，不胜枚举。春秋时期的范蠡，西汉词赋家严忌、严助父子，西晋文学家张翰，南朝梁陈间文学训诂学家、画家顾野王，唐代文学家陆龟蒙，明代诗文家史鉴、沈颢、园林建筑师计成，清代天文学家王锡阐、文学家吴兆骞、词曲家徐曦、医学家徐大椿，以及辛亥革命风云人物陈去病、爱国诗人柳亚子、国学大师金松岑、文学家范烟桥等等，都在吴江这片土地上留下了不可磨灭的印记。

松陵镇紧靠着的东太湖，被称为苏州湾。而今，这里正实施太湖堤线调整、河网水系整治、水源地保护、滨湖湿地生态修复、避风港湾建设及水环境实验监测。绵延百里的风光带已经初现雏形。古老的太湖，正追随新时代，注入新的生机和活力。坐落于太湖之畔的太湖新城，将更加适宜居民创业、就业，休闲、居住，成为集创业投资、旅游休闲和安置居住于一体，城湖一体、绿水相依的可持续发展生态新城。

今天，当我们来到东太湖岸线，只见早先的湖畔沼泽地，已经被一群崭新的高层建筑所替代。美食新天地、广场公园、阅湖台、音乐喷泉、大酒店等，为市民们提供了享受生活、亲近太湖的绝好去处。一大批休闲旅游设施在施工中。水街、大剧院、文博中心、体育公园、黄金沙滩、旱雪场以及358米高的环太湖第一高楼等不禁令人憧憬，不久的将来，这里会出现怎样繁盛的景象。

接着就是盛泽镇。

盛泽地处苏浙两省的交界处，春秋时期是吴越两国的边城之地，最早的地名叫“合路”。清乾隆《盛湖志》记载：“盛泽古名合路。因春秋间吴越相争，而古檇里在王江泾，名射襄城，盛泽与黄溪皆边城之地，可为吴，可为越，难为分析，故名合路。后禾城迁徙，是处化为青草，故孙吴时名为青草滩。至唐宋时仍名合路村。”

东太湖一瞥

三国东吴赤乌三年（公元240年），吴大帝孙权命上大夫倪让、将军徐杰、司马领濠寨盛斌分拨地界建围、作田、屯兵，自青草滩筑寨至野和溪（今黄家溪）。所以后人称盛斌故址为“盛寨”。当地方言中“泽”与“寨”读音相近，盛寨渐渐转化为盛泽。

古镇盛泽是江南重要的丝绸纺织品生产基地和集散地，有“绸都”的美誉。

吴淞江出太湖，流经吴江松陵镇、吴县长桥镇一带，穿过车坊镇、角直镇间的澄湖和独墅湖。这些湖泊，其实是吴淞江上游水道缩小后形成的湖沼区。这里历来盛行稻作农业，除了水稻，还生产茨菰、荸荠、藕、水芹、茭白、芡实、菱角、莼菜——人称“水八仙”——等水生植物，成为苏州近郊典型的水乡泽国。

车坊镇，原是吴县第三大镇。境内有“六湖一江”，浜溇交错，河港纵横。吴淞江在镇南自西向东流过，港湾东岸筑有防浪堤。很久以前这里就是商船和渔家的避风港，如今仍然有船只停泊。

这个始建于清末的集镇，南靠镬底潭，东枕吴淞江，开门见水，出门登舟。相传镇区原来东面有油车，西面有糟坊，所以取名“车坊”。临水而筑的街道，粉墙黛瓦，娴静安谧。镇上有不少文物遗迹，最古老的或许要数始建于宋代的大觉寺桥，它已有1000岁高寿。桥的主梁两侧保留着精美绝伦的龙凤雕刻，堪称江南水乡桥梁中的祖师爷，被列入江苏省重点文物保护单位。

闻名遐迩的高垫庙，在高垫村。关于庙中的江海随粮王，还有一段流传很广的故事。明崇祯年间，车坊一带闹灾害，田地颗粒无收，百姓饥寒交迫。当时有一位姓金的押运漕粮的官员，人称金八。一天他督运漕粮走吴淞江，途经车坊时，发现老百姓挨饿受困，纷纷跪在江岸边乞求粮食。金八顿时动了恻隐之心，命令手下立即将船上所有的粮食施送给老百姓。这样一来，老百姓得救了，他却是犯了欺君之罪。金八走投无路，只能投河自尽。当地老百姓为了纪念这位舍己救人的金八老爷，集资建造了一座八老爷庙，因为建在高垫村，称之为“高垫庙”。后来，朝廷查清事实真相，追封金八为“托天侯”，并加封为“江海随粮王”。每年的农历八月十六为随粮王生日，四乡八村的人们都要来高垫庙祭祀。

车坊镇的妇女很能干，不仅在水田劳作，种植茨菰、莲藕、芡实，还以编织草席为副业。农家妇女手工织席，快手半天就能用蔺草织一张席子。此外，她们还编织沙发席、枕席和蔺草篮等产品，远销日本、韩国等海外市场。

江南的集镇，从诞生之日起，就是连接城乡的枢纽，物资流通的集散地。它们受到政治、经济、文化诸多因素的影响，不可避免地经历着兴盛与衰落的过程。位于吴淞江江畔的古镇，这样的特色更加鲜明。

几乎与苏州城一样古老的角直，位于吴淞江南岸，原名甫里、淞南。1 平方千米的古镇区，拥有 41 座宋、元、明、清时代的石拱桥，桥梁的密度远远超过了意大利水城威尼斯。

建于梁代（公元 503 年）的保圣寺，是国家重点文物保护单位。寺内，唐代著名雕塑家杨惠之所塑的 9 尊泥塑罗汉，依然保存完好。罗汉每尊都有个性，从形到神，无一雷同，却又遥相呼应。罗汉的衣服，褶皱清晰，富有丝绸的质感，甚至在薄薄的袍袖下，还能看到手臂的脉络。姿态各异的塑像，处处折射出盛唐文化的光彩。郭沫若先生曾经说，它们“尽管受着宗教题材的束缚，而现实感却以无限的迫力向人逼来，使人不能不感到一种崇高的美”。

晚唐诗人、文学家陆龟蒙出身于官僚世家，也曾热衷科举考试，可是以落榜告终。他跟随湖州刺史张博游历，成为他的幕僚，后来回到故乡长洲（今苏州）过起了隐居生活。在躬耕农亩，垂钓江湖的同时，他写下了许多描绘农村风情、农民生活的诗篇。陆龟蒙在甪直隐居数年，留下了斗鸭池、小虹桥、清风亭等遗迹，至今仍古意盎然。

陆龟蒙的《耒耜经》，是中国有史以来独一无二的古农具专志。《耒耜经》共记述农具4种，其中对被誉为我国犁耕史上里程碑的唐代曲辕犁，记述得最准确、最详细。它由11个零部件组成，结构合理，使用轻便，回转灵活，标志着传统的中国犁已经定型。

在《耒耜经》的序文中，陆龟蒙讲述了自己的写作动机。他认为，人类学会种庄稼以后，无论统治者还是老百姓，都是不能离开农具的。如果一个人只会吃饭睡觉，而不了解怎样种庄稼，怎样用农具，就等于不懂人生的意义，就和禽兽没有什么两样。他提倡上层人士向农民学习，学习农民的农业知识，学习农民的淳朴作风。陆龟蒙不仅这样说，也这样做。他学着古代圣人的样子去参加了一些农业劳动，还将在劳动中对农具的研究，写成专论，传给后代。

中国科技史专家、英国人白馥兰对此作出了极高的评价。他说："《耒耜经》是一本成为中国农学著作中的里程碑的著作，欧洲一直到这本书出现六个世纪后，才有类似著作。"

古镇南市梢，有一家老字号店铺"万顺米行"，始建于民国初年。当年有存放粮食的廒间近百，是首屈一指的大米行。文学家、教育家叶圣陶先生于1917年到甪直执教5年，以万顺米行为背景写下了名作《多收了三五斗》，作品被选入中学语文课本，万顺米行也随之名声大振。如今古镇恢复了万顺米行旧貌，再现江南米市风貌，并陈列历代农具，成为一处风格独特的旅游新景点。

鸭沼清风、分署清泉、吴淞雪浪、海芷钟声、浮图夕照、渔莲灯埠、长虹漾月、西汇晓市，是先人们概括的"甫里八景"。岁月悄然流逝，今天的水乡角直，古风尤存，却又在编织着新的更加迷人的梦境。

角直镇东面，有一个八卦图似的水村姜里。水中有村，村中有水。蜿蜒曲折、易进难出的村路，构成了一个水上迷宫，甚至连本地人也说不清楚村里究竟有多少条河流。陌生人在村里转两个小时，也不一定转得出去。这里，民居临水而建，村巷依水而筑。千百年来的自然构成，素朴而又玄妙。

村口的太极广场，村西的东岳庙，嵌在民舍墙上的磨盘，无不显现这里浸淫着道教文化。东岳庙、凤凰墩、风铃桥，是村上人引以为自豪的景点，似乎跟姜姓大族有关。《淞南志》说："姜辙，家淞南之姜里村，唐时选尚公主，拜爵驸马都尉……居第在凤凰墩下。"清人彭方周《吴郡甫里志》则记载："凤凰墩，又名太公墩，在六直（即角直镇）东姜里，相传姜太公避纣东海滨处，后人因名其地。"驸马都尉是否真的出生在这里，姜子牙是否真的在这里居住过？难以考证，但避纣垂钓的姜子牙给后人留下谋略与智慧，却是跟八卦水村耦合的。

南星渎，原本是一个南通吴淞、北挹娄江的小镇。相传东晋时，一颗陨星降落在正仪镇郊江中，江水一片沸腾，变得出奇得清澈。于是正仪有了"星溪"的别称。位于星溪以南的小集镇，也就以"南星渎"命名。

这里水上交通发达，东来西往于吴淞江的船只，都来此歇息，补充食物。南星渎也很宜居，历来有耕读传家的风气。集镇上有寺庙，有商铺，有学校，有诊所，也涌现出一些远近闻名的人物。

镇边有一座西罗庆桥（又名隆庆桥），始建于清代，1917 年重修。尽管失去了护栏，骨架却依然完整。桥堍的一幢晚清民居，与之相呼应。站在河边，可以清晰地看到镌刻在花岗岩桥柱上的两副桥联。一副为：“石级隆崇憩里老，安澜庆忭沸农歌。”另一副为：“南通淞水彩虹卧，北挹娄江画鹢过。”

与吴淞江为伴的人们，永远将“安澜”作为宁静生活的愿望。

历经世事变迁，南星渎的集镇格局没有改变。卵石铺就的小街，狭窄得只容两人错肩而过。临街的房屋，全都成了店铺，令人依稀想象出昔日的模样。最完整的是市河两侧的石驳岸。石驳岸上，有形态各异的缆船石，有设计巧妙的泄水孔，也有拾级而下的河埠，体现了艺术性与实用性的完美结合。

古镇千灯，原名千墩。相传，古时候为了防备海寇的劫掠，人们在吴淞江沿岸修筑了无数土墩，作为瞭望烽火台，以警报来自东海的敌情。小镇恰好在第一千个土墩处，所以得名“千墩”。随着岁月流逝，作为烽火台的土墩逐渐荒圮，长满了茂盛的茜草，小镇又得名茜墩。更名千灯，则是20世纪60年代的事。

素有“金千灯”之美称的古镇，在吴淞江江水的滋润下，美丽、富饶、古老而充满生机。至今仍保留着水陆并行、河街相邻的棋盘式格局和小桥、流水、人家的古朴风貌。千灯浦蜿蜒环绕，少卿山茜草萋萋。秦峰塔在树木和屋宇的簇拥下凌空屹立。一条三里多长的石板街，自北向南，在青灰色的廊沿下缓缓穿过。这里是昆曲创始人顾坚的故里，是明末清初杰出的思想家、文学家顾炎武先生的故乡。

顾炎武的嗣祖蠡源公顾绍芾，是一位充满正义感的读书人，享誉乡里。他不但擅长诗文书法，熟悉史地典故，还很关心时事政治。当时的《邸报》，蠡源公几乎天天都要阅读，见到重要的章节，还用工工整整的楷书抄录下来，或者改写成提要。他摘录了明万历四十八年（公元1620年）以后16年的《邸报》，足足装订成25帙。直到古稀之年，眼睛不济事了，仍然不愿放弃这份工作。顾炎武的童年，是在顾绍芾的教导下度过的。他比同年龄的孩子成熟得早，思考更深刻。

千灯浦上，有一座始建于明代的陶家桥。两侧的桥联字字清晰，对仗工整。桥南的一副为："雁阵排连北接吴淞而源远，彩虹环卧南通薛淀之津长。"桥北的一副为："上下摇橹两岸波平涵半月，往来人渡万家鳞密领千波。"描绘出了陶家桥的地理位置和怡然景色。陶家桥是五柳先生陶渊明后裔居住之地。据地方史料记载，陶渊明第九代裔孙文学家陶岘，生性喜欢音乐，却淡泊官场，拒绝朝廷延聘，隐居于千灯陶家桥。空闲时在梅菊丛中流连，写下了不少脍炙人口的诗篇，据说他还是"江南丝竹"的首创者呢。

涌潮，是一种奇特的自然景观。这是由天体引力和地球自转的离心作用，加上江河湾喇叭口的特殊地形所造成的。每年农历八月十五，钱塘江潮头可达数米，声如雷鸣，排山倒海，犹如万马奔腾，蔚为壮观。

其实，吴淞江也曾有涌潮。

唐代时，吴淞江的出海段，与现在的杭州湾非常相似。出海口形似喇叭，上游小口在青龙镇，下游大口在浦东中部。河口很宽阔，足足有 20 里。因为幅员辽阔，波涛万顷，形似大海，所以被古人称为"华亭海"。每逢海潮大涨时，由于喇叭口式的特殊地形，也常会出现涌潮奇观。

位于今天太仓市的浏河（娄江自太仓以下又称浏河）河口外，早先也是波涛汹涌的大海。浏河，不是汇入长江，而是直接注入东海的。这样，汹涌的海浪就对娄江、吴淞江形成了正面的、直接的冲击，形成涌潮奇观。

明朝万历年间，人们在昆山城东娄江与青阳港交汇处，建造了一座砖石结构的玉柱塔，俗称白塔。一直到今天，白塔北边（娄江北岸），仍然被称为“白塔头”。

青阳港旧称新洋港，南接吴淞江，北连娄江，河面也比较开阔。涨潮时，涌入吴淞江的潮水顺着青阳港涌向娄江，两股潮水在白塔附近相互冲撞，掀起滔天巨浪，十分壮观。

每月的朔望为大潮日，会吸引附近村镇的许多游人前来观看。

明嘉靖中叶，昆山知县宋伊复在这里建造了一座“候潮馆”。之后，每年的八月十八，昆山县令都要在馆内设酒席迎接“潮神”的到来。农历八月十五至二十的观潮节，更是吸引人群观潮。站在白塔头堤岸上，只见从东海涌入娄江、吴淞江的潮水，巨浪澎湃，如千仞壁立，如万马奔腾，撼人心魄。潮水绵延上百里，乃至波及昆山城区和城西地区。民间传说，连乾隆皇帝下江南时，也微服来到白塔头观潮。

但由于400年来自然环境发生了很大变化，海岸线日渐东移，娄江、吴淞江航道淤塞变狭，海潮不可能再涌至白塔头一带，涌潮的景象就永远无以再现。

如今，人们在当年的白塔头修建了白塔公园，恢复了白塔，门楼上的“白塔胜境”4个大字，古朴浑厚，典雅大气。白塔胜迹老街，位于春晖路与白塔路交汇口。春晖路南为白塔公园，路北则为重建的龙王庙。白塔龙王庙，与吴淞江江畔的陆家沪渎龙王庙遥遥相望。

关于潮水，还有一个传说。宋淳熙年间，曾有一位道人预言：“潮过夷亭（今苏州唯亭）出状元。”当时的夷亭属昆山县管辖，县令叶自强在丽泽门外驷马关娄江边建了一座“问潮馆”，将道长的预言镌刻在碑上。这一年，“潮忽大至，遂过夷亭”，昆山石浦人卫泾果然于淳熙十一年（公元1184年）中了状元，成为昆山历史上出现的第一位状元。于是，人们在玉峰山山顶竖立文笔峰，以一支巨大的石笔纪念文魁星的诞生。

在卫泾之后，昆山又接连出现了毛澄、顾鼎臣、朱希周等 6 个状元和武状元刘必成，充分显示了文化的繁盛。

吴淞江入海处的沪渎垒，始筑于东晋，宋朝沦陷江中，可以说是上海地区最早的军事建筑。沪渎垒遗址在哪里呢？历来的史料记载比较模糊，也不太一致。有人推测，古沪渎垒应该在上海静安寺西北方向，距离旧上海县城 10 里的地方。

静安寺，是上海一座古老的佛教寺庙，相传建于赤乌年间，原名沪渎重玄寺，因犯清圣祖讳，改为重元寺，它的创建者是西域康居国大丞相的儿子，人称康僧会。静安寺的原址在吴淞江边上，由于江流的冲刷，寺基极有倾圮的可能，所以在南宋嘉定九年（公元 1216 年）移建到了法华镇边，也就是今天的静安寺所在地。

静安寺迁至今址后，规模逐渐扩大，至元时，蔚成巨刹。寺内

静安寺

有 8 处名胜，包括三国时所立的“赤乌碑”、南北朝时所植的“陈朝桧”、原以神僧智严异行而流传的“虾子潭”、南宋仲依所建的“讲经台”、沸井浜中突沸的“涌泉”、诗僧寿宁所筑的方丈室“绿云洞”、行人取道渡吴淞江的古渡口“芦子渡”、东晋遗存防御海寇的“沪渎垒”。这 8 处名胜中，有两处与吴淞江直接关联。明洪武二年（公元 1369 年），铸洪武大钟，耗铜 6000 斤，上有“洪武二年铸，祝皇太子千秋”铭文，至今仍声洪震远。

关于静安寺，还有一个神奇的传说。

据唐代律僧道宣（又称南山律师）所编著的《集神州三宝感通录》记载，晋愍帝建兴元年（公元 313 年），吴淞江江口有不少渔民正在打鱼，忽听有人惊呼：“江中有人！”远远望去，果然有人浮游在江面上。吴淞江水大浪急，很少有人这样悠闲地凫水过江。于是，人们以为神祇下凡，纷纷杀猪宰羊，为之祭祀。一时江风骤起，巨浪滔天，渔民们心里很是惊骇。很快风静浪息，人们发现，浮在江面上的是两尊石佛像，众佛教信徒立即把石佛像搬送到通玄寺。石佛像通高 7 尺，背后铭文显示，一尊名叫惟卫佛，一尊名叫迦叶佛。

众佛教信徒建造了两个法座。正当人们准备抬起佛像时，它们竟然自跃其上，众人莫不感佛法神圣灵验。这个故事，被称为“吴淞江石佛浮江”，描绘在敦煌莫高窟第 323 窟南壁西侧。

故事的真实性如何不难辨别。然而，我们从中可以领悟人们对于吴淞江的崇敬。

出太湖而东，浩荡流淌的吴淞江，犹如母亲的乳汁一般，哺育了一方膏腴之地、锦绣之地、文明之地。在江畔所有的古老城镇中，最值得一说的，还是上海。

春秋战国时期，上海地区先是吴越之地，后又属楚，楚考烈王时为春申君黄歇封地。从汉代起，上海出现了铸钱、冶铁和煮盐业。隋、唐时代，上海经济得到较快的发展。唐开元初年，这里兴修了南起盐官、北至吴淞江的捍海塘。土地也得到开垦，逐步发展成为重要的产粮区。

中唐以后，上海与海内外的经济、文化联系进一步扩大，唐天宝十年（公元 751 年）朝廷设立华亭县，华亭县东北境内的华亭海，就是现在上海市区的所在地。天宝年间，华亭县东北的青龙镇，海舶云集，烟火万家，时人以杭州相比拟。后由于河道变迁和海岸线向外延伸，青龙镇变为内港，地位逐渐被北宋熙宁年间兴起的上海所取代。到南宋咸淳三年（公元 1276 年）设上海镇时，作为新的贸易港口，这里已是风樯浪舶、商贾麇集之地。

元至元十四年（公元 1277 年），上海镇设立市舶司，继而又设都漕运万户府。上海镇成为“华亭东北一巨镇”。至元二十八年，华亭县东北的 5 个乡被划出，定名为上海县。

上海建县，是一个重要的历史标志，上海从此进入了经济发展期。植棉业日趋兴盛，棉纺织业渐渐兴起。到明代中叶，上海已成为全国最大的棉纺织业中心，布匹行销全国，甚至远销海外，有“木棉文绫，衣被天下”之称。经济的另一支柱是航运业。明永乐十年（公元 1412 年），朝廷在今川沙高桥镇北临海处构筑土山，设有烽堠，以利船舶进出长江，时称“宝山”。当时的上海成为海运贮粮的集散点，沙船是主要运输工具。

清康熙二十三年（公元 1648 年）开放海禁，第二年又设立江海关。上海的航运业得到了空前发展，逐步形成内河航运、长江航运、南北洋航运和国际航运等多条航线，成为棉布进出口量最大的吞吐港，也成为海上贸易的中转站，聚集在港口的船舶有时多达 3000 艘。清乾隆、嘉庆年间，上海逐渐成为全国贸易大港和漕粮运输中心，被称为“江海之通津，东南之都会”。

开埠以后，与清澈的吴淞江河水相映照的，是愈来愈多的厂房和烟囱，以及愈来愈响的机器轰鸣声。商埠林立，万商云集，银行仓库鳞次栉比，使这里成为巨商富贾的聚集之地，繁华流金之所。

追随着外资涌入的，是民族资本家的崛起。

民族工业先驱荣氏家族在苏河湾创办了第一座工厂。很快，苏州河河边又出现了不少有名的企业，如上海面粉厂（福新面粉厂）、申新纺织第九厂、达丰染织厂、上海啤酒厂、天利氮气制品厂（后成为上海化工研究院）、中华印刷有限公司、中华书局、上海被服厂、仿美国费城造币厂样式的上海造币厂等等。

由于上海的贸易发展迅速，又由于它连接着富庶的江南，北洋、南洋、长江航运都与上海有货物往来。南北货、洋货纷纷由上海入港，上海的丝绸、茶叶、瓷器、土布等等，也沿苏州河过运河，入长江，运往内地各省。杭州、嘉兴、湖州、苏州、无锡、常州，更是与上海有着紧密的水上航运网络，通过苏州河将物资迎来送往。

被称为“宁波帮”杰出代表的虞洽卿，是生活在复杂时代的复杂商人，一生充满了传奇色彩。他对于吴淞江、黄浦江的地位与作用的认识，远远高于普通企业家。正因为如此，他以自己的运作，对近代上海的发展，乃至对整个中国的政治和经济，产生了不容小觑的影响。

光绪三十二年（公元1906年），虞洽卿赴日本考察，回来后便提出要创办中国自己的银行，并且大胆地付诸实施。他与别人一起创办的四明银行，开业不久就享有了货币发行权，在上海很受老百姓的信任。没过几年他又开始创办宁绍商轮公司。自此，虞洽卿把毕生的精力都投放在了航海事业中……

同治十三年（公元 1874 年）的上海《申报》，曾连载颐安主人的竹枝词《沪江商业市景词》。随着上海城市近代化的推进，人们的生活从物质到精神都在发生着一系列变化，竹枝词这种通俗易懂的诗歌形式，紧跟潮流。比如有一首《新出肥皂粉》这样写道：“洗衣肥皂粉初成，去渍无痕制独精。颜色如恒光不变，法参化学巧谁争！”此外还有《肥皂公司》《香皂号》等，无不以惊奇的口吻予以赞赏。

还有一首《外国馒头店》：“均调麦粉做馒头，气味多膻杂奶油；外实中松如枕头，装车分送各行收。”这种外国馒头，其实是奶油面包。作者不仅描写了它的形状，还点出装车分送的销售方式，显然是足以让过着传统生活的上海人新奇的。

其实，比外国馒头更令人新奇的事物，在上海层出不穷。

上海开埠后，西方物质文明输入是多方面的，从生产工具、军事器械到日常生活用品，从坚船利炮、洋火、洋皂到电灯、电话、煤气、汽车，不胜枚举。租界将西方城市的一些市政管理制度也移植过来，造房、筑路、堆物、行路规则、食品检验、粪便管理、倾倒垃圾时间，都有一定之规，并且设有巡捕，督促民众严格执行。

上海旧城区原来有 10 个城门，民国元年与城墙一起被全部拆除，但在人们的心目中，始终存在老城厢的概念。老城厢中，以城隍庙为中心，小东门大街、老北门大街、彩衣街、旧教场最为繁华。民国初年，老城厢还保留着许多固有的生活方式，四周的租界，却早已出现了电车、电灯、自来水和德律风（电话）。这成为一股难以抗拒的潮流。

20 世纪初，由于国际和国内环境的变化，中国民族工业快速发展。光绪八年，第一盏弧光路灯在苏州河河畔与黄浦江交汇处发出第一束光亮，也点燃了一个远东新型大都市诞生的文明曙光。

光绪八年，电灯在上海租界问世，代替了煤气灯，更淘汰了油灯。谁曾想，当年的人们对于开关一揿，就会发出炽眼亮光的电灯，感到莫名惊诧。文人墨客作诗填词，赞咏这个新奇之物。老百姓不知道电灯发光的原理，竟伸出长长的旱烟杆，试图在电灯上点燃。记得小时候，我们的长辈都习惯于把电灯称作“电火”，觉得它与蜡烛火、柴火、煤油灯火一样，是燃烧的火。

这毫不奇怪。当年连上海道台也发出过禁用电灯令。其理由是“电灯有患，如有不测，焚屋伤人，无法可救”。

至于让日出而作、日落而息的人们知道每周应该享受一个休息的星期天，在马路上必须靠右边行走，要用肥皂洗手，养成良好卫生习惯等等，也是一个循序渐进的过程。

当我们考察吴淞江沿岸的许多古镇，不难感受江南地区经济和文化重心从苏州转移到上海的过程，从中引发出对于扩大改革开放，与国际接轨的深层思考。

应该承认，上海的开埠并非偶然。洋人选择五口通商，是凭借国际视野，有很多考量的，事先也进行了详细侦查，搜集了重要情报。在5个口岸城市中，上海的潜在优势最强最大。原因是上海掣肘着吴淞江流域，勾连着整个长江三角洲。特别是当时的江南水乡，商品化程度已远远高于全国其他地区，更有“人性益巧，而物产益多，至于人才辈出，尤为冠绝”的历史文化积淀。珠江三角洲也有不少长处，但是跟这里相比，就相形见绌了，况且地偏南隅，有诸多不便。

19世纪30年代，许多中国人还妄自尊大，自视为世界上的“天朝上国”“中央大国”，而将包括西方在内所有外国都称“番国”（偏远的蛮荒小国），把外国人统称为“夷人”“夷狄”（不开化的野

德国基督教路德会牧师、汉学家郭士立

蛮人），奉行闭关守国的信条。这时候，西方人却在越来越深入地研究中国。他们认为，这种“华夷”观念，是妨碍中国人接受西方文化、展开经济贸易的主要思想障碍。只有广泛宣传西方世界的文明，为“夷狄”正名，才能转变中国人的这种观念。

郭士立，就是试图转变中国人观念的一个西方人代表。

这个德国基督教路德会牧师，是汉学家，是传教士，也是鸦片贩子和间谍，出生于普鲁士波美拉尼亚，曾经7次航行中国沿海口岸，掌握多国语言，随英军到定海、宁波、上海、镇江等地做翻译，甚至一度被任命为浙江定海知县，堂而皇之地坐在衙门的交椅上，向当地老百姓发号施令。

因为家境贫困，郭士立14岁便辍学了。为了实现到中国传教的愿望，他刻苦地学习汉语，很快学会了广东话和福建话，后来还能用汉语写字。他特地给自己取了一些笔名，如“爱汉者”（爱中国人的人）、“深德者”（勤于道德的人），以获取中国人的信任。第一次沿海旅行时，他穿着当地福建人的衣服甚至戴上头巾。他说自己加入了一个中国宗族，并成为福建籍的公民。当访问福建时，他不断地自我介绍是福建老乡。一些不明就里的中国人认为他是一个扮作洋人的汉人。

郭士立不止一次说，除了让他用余生为中国服务外，他别无所求。事实上，他一生服务的不是中国，而是英国。尽管郭士立有着普鲁士传统，他却很好地融入了英国人的行列，他的许多西文作品都是用英文写成的。当他用汉语表达时，我们一词通常是指英国人而不是德国人。很多资料表明，郭士立与鸦片战争有很大关系。

作为英国的间谍，郭士立曾经在中国沿海地区进行海道测量、地形勘查、绘制航海地图，调查各地物产及商业贸易情况，搜集政治、军事、经济等各方面的情报，提供给英国政府。

为了宣扬西方文化，郭士立还创办了《东西洋考每月统记传》。这份刊物，尽量迎合中国读者的习惯，“不谈政治，避免就任何主题以尖锐言词触怒他们，可有较妙的方法表达”。除了采用线装书式装订，以“爱汉者”作主编笔名，该刊物还采取容易让中国人接受的中、西历史对比和书信、访谈、对话、唐诗宋词等文体，实际上早已突破了宗教范畴。

清道光十二年（公元1832年），东印度公司驻广州大班查理·马奇班克斯派遣公司职员胡夏米到中国沿海进行一次周密的侦察，调查中国沿海市场情况。为了不使中国发现洋人深入北部沿海，他们都改名换姓。胡夏米冒充船主。郭士立是重要成员，担任翻译兼医生。

2月26日，胡夏米一行78人乘坐“阿美士德”号船从澳门出发，开始了这次长途侦查，沿途经过南澳岛、厦门、福州、宁波、上海、威海卫等地，又折往朝鲜、琉球，于9月4日回到澳门。一路上，他们一边为民众治病，诱人信教，一边分发《戒赌博》《戒谎言》和《英吉利人品国事略说》等小册子，宣扬教义和宣传西方，在这些活动的掩护下，偷偷地测量沿途的河道、河湾，绘制航海地图。

胡夏米、郭士立等人的侦察活动，为英国侵略者提供了第一手的可靠情报。他们在调查了厦门、福州、宁波、上海等地的商业贸易情况后认为，要扩大对华贸易，必须开放东北部的贸易。怎么打开广州以外的贸易局面呢？郭士立认为“采取商议的办法，将会得不到任何结果”，但是通过武力解决，可以达到目的。中国的防御是脆弱的，“由大小不同的一千艘船只组成的整个中国舰队，都抵御不了（英国的）一艘战舰”。

他们对于中国沿海的侦察，成为鸦片战争时英军制定作战计划的根据。后来，郭士立还参加了《南京条约》的多次谈判会议。这个披着宗教外衣的侵略者，被称为“牧师和强盗、江湖郎中和天才、慈善家和骗子的综合体”。

我们不妨换一个角度看历史。

上海的开埠固然是西方人的经济侵略和中华民族的屈辱，另一方面，却也激活了吴淞江沿岸城镇的经济潜在能量。明清以来，江南地区的经济发展尽管走在中国前列，但始终呈现不温不火、不徐不疾的状态。道光二十三年以后，随着大量洋商和工厂的涌入，上海迅速以“外贸”为切入点，开始了不同以往的新一轮经济发展历程。从西方注入的洋行资金，流转于上海滩的钱庄和银行，显现着巨大魔力，使得上海成为江南乃至长江三角洲的金融中心，给社会生活的一切都带来了深刻的影响。

今天，以自由贸易区为标志的外向型经济，不仍然是上海成为长江三角洲龙头的缘由吗？与此同时，作为龙身的诸多城镇，利用得天独厚的优势，主动地接受上海开发、开放的辐射，加入国际大循环，并自觉成为上海的“后花园”。

我们只要看看吴淞江畔奔驰着无数挂着沪字牌照的轿车，一切就明白了……

自西向东　自东向西

几年前，我有机会参加一个教育代表团访问台湾。

那天在台北福华酒店，与诗人隐地见面。他告诉我，1944 年父亲把 10 岁的他从千灯镇小园庄顾家接到台北去，先从昆山上上海，然后在虹桥乘飞机。那个庞大的钢铁怪物载起了他的懵懂与幼稚。到台北后，他却经历了太多的人生磨难——父母离婚、一次次搬家、饿饭、睡防空洞，当兵，当文学编辑，创办尔雅出版公司……

上上海，也是我小时候憧憬的一件事。

一个“上”字，把田野阡陌对摩天大楼的仰视袒露无遗。“农业学大寨”的年月，很多水乡人没乘过火车，甚至没见过火车。他们上上海，是自己动手摇船，一路沿着吴淞江朝东。过了北新泾，就知道很快到上海了，要进入宽阔的黄浦江了。回家时，装着满满一船的垃圾或黄粪，也带着见过世面的喜悦。他们说，上海人吃得好，所以黄粪特别肥，而且任人装，不要钱。上一趟上海，回家后至少要吹三天牛。那些脑子灵活，在上海马路间不迷失方向的人，是最值得自豪的。

我第一次上上海，正读高一，寒假里决定去配眼镜。叔父带我乘轮船到朱家角，再转长途汽车到徐家汇。走在马路上，只觉得遮蔽阳光、穿透北风的高楼大厦令人压抑。中午在亲戚家歇脚，他们客气地请我喝咖啡，吃蛋糕。我端着盘子在沙发上坐下，屁股突然一陷，没想到它跟坐惯了的春凳竹椅如此不同，那么柔软而有弹性，不由惊讶地叫出声。亲戚家的两个男孩比我大几岁，他们旁若无人地用上海话讲着许多有趣的见闻，越发让我感到生怯。但戴上眼镜，环顾四周，发现一切都显得光彩夺目，又忍不住笑了。

若干年后，去上海参加一个学术会议。朋友带我去参观太平桥绿地。在寸土寸金的城市中心，房屋的密集度极高，偏要伤筋动骨，动迁一万户居民，建成一个开放式绿地。说是绿地，引人瞩目的却是一片曲折有致的湖面。这个人工湖是请美国人设计的，站在任何一个角度，都看不到源头和尽尾，视野十分开阔。引进的树木又是成年大树，栽种在人工岛上，几个月就构成了茂密的树林。高额投资当然不是盲目的，级差地价哗哗地上升。“新天地”应运而生。

房产商很懂得历史的价值，移建了不少石库门房屋，外表原封不动保存着，很有沧桑感，室内则改成了现代装饰，空调、灯光和卫生设备一应俱全。于是，海内外的许多文娱界人士纷纷前来租赁投资。他们开设得最多的似乎是咖啡厅和艺术品商店，招牌设计颇具特色。消费指数之高，也就不言而喻。

石库门是最具上海特色的居民住宅，就像北京的老胡同和四合院一样，成了一张老名片。然而，出现我眼前的，是欧式的咖啡厅、茶座、酒吧，旁若无人地悠闲聊天的老外。罩着温情脉脉的文化纱衫，骨子里却透露出强烈的商品经济意识。那青红相间的清水砖墙、厚重的乌漆大门，依稀令人辨认出20世纪二三十年代的上海模样。是的，它的名字叫做石库门—新天地，让怀旧成为一种新时尚，或者说，让石库门商业成为一种新的营销模式。

不知怎么，我想起了亭子间。亭子间，是石库门建筑的一部分，极其狭小的空间，朝向北面，冬寒夏热，下烤上晒，一般用来堆放杂物，或者是佣仆的住所。

开埠后，由于大批移民涌入，上海住房空前紧张，亭子间就成为那些买不起也租不起房子的人们的栖身之地（这犹如今天租住车库）。卖艺者、小商贩、戏子、十里洋场的失风者，以及大学生、二三流作家或单身艺术家在此蜗居，甚而形成了一种独特的“亭子间文化”。

住在亭子间的人们生活得很艰辛。用煤球炉烧饭，去老虎灶泡水，吃阳春面垫饥。即便是这样，仍不免有了上一顿没有下一顿，交不出房钱还要被房东赶出来。

我的祖籍是上海青浦。显然是因为久居昆山的缘故，我思考得最多的是介于上海和苏州之间的区域。何况，吴淞江从西到东穿越昆山全境，长达 36.5 千米。

明清以降，甚至在 20 世纪 80 年代，紧邻江南经济和文化重心的昆山，只是一个乏善可陈的农业县，难以得到史学家关注。尽管这里是百戏之祖昆曲的发源地，是思想家顾炎武、文学家归有光的故乡，但论及经济和社会发展，终究无法与上海、苏州相比。在重心东移的过程中，小昆山很轻易地被忽略了。

我曾经打过这样的比方，位于上海、苏州之间的昆山，犹如走在身穿时尚连衣裙的少女和身穿典雅旗袍的少妇旁边的村姑。然而，最近 30 多年间，村姑“洋气”了。得风气之先，昆山发生了翻天覆地的变化。昔日苏州地区的“小六子”一跃而成为全国百强县市第一，且多年蝉联。只出产稻麦油菜的田地，变身为世界出口加工业基地，笔记本电脑产量占全球产量的一半。在中国迈向现代的道路上，昆山走在了前面。时至今日，谁还能忽视昆山？

那么，昆山凭什么迅速崛起于沪、苏之间？昆山之路是神话的演绎，还是历史的必然？

让我们把目光拉远一些。从明清以来的历史，仔细看看昆山，可以发现，改革开放30余年昆山所获得的显著成功，既在意料之外，却也在情理之中。与江南地区的其他县市相比，昆山无疑拥有独特的地理优势、自然优势、人文优势。

先看地理优势。娄江、吴淞江、东江，太湖的三条泄水通道，都流经昆山。明永乐年间，户部尚书夏原吉采取“掣淞入浏”“掣淞入浦”的方案，一方面疏浚昆山下界浦，将吴淞江上游引入娄江（浏河），直接出海，以舒解淤塞之急；一方面采用本地诸生叶宗行的建议，开凿范家浜，使黄浦之水截过吴淞江，北流直接入海。夏原吉引下界浦入娄江（浏河）以分水势，得以通畅，从此下界浦被改名为“夏驾河”。

紧邻上海、交通便捷的昆山，最容易接受上海的影响。改革开放之初，许多乡镇企业正是依靠上海的产品、原材料、技术和星期天工程师①，迅速迈开了第一步。接着，又接纳了多家由上海内迁“三线”的企业，奠定了工业基础。

再看自然优势。从古娄县到南宋嘉定年间，大约有1500年，吴淞江沿岸为娄县（昆山县前身）管辖。这包括了今天上海的大部分地区。南宋嘉定七年（公元1214年），平江知府赵彦棣《请分嘉定县疏》说：“自昆山县东至练祁（嘉定）七十里，自练祁至江湾又七十里，合计百四十里。”昆山知县张汉之上言：“乞于江湾浦口置场，量收过税。”为了去江湾地区征收税赋，必须在那儿建立机构——设置税务分局。嘉定，则是割去昆山的5个乡、太仓的4个

① “星期天工程师”又称科技人员业余兼职，主要是指各级各类专业技术人才、经营管理人才通过事先联系利用星期天或节假日等业余时间，在完成本职工作、不侵害国家和单位技术、经济利益的前提下，为民营经济和各类企业提供各种无偿和有偿服务。形成于20世纪70年代末期至80年代中期。——编者注

乡、常熟的 2 个乡组成的，以年号为县名。

昆山与上海土地接壤，资源共享。沪宁铁路通车后，愈显近在咫尺。华裔电脑大王王安在自传《教训》中说：“我于一九二〇年二月七日出生在中国的上海”，因生于乱世，悬壶济世、以诊所为家的父亲给他取名“安”。事实上，王家世居昆山。位于南后街下塘的旧居隐庐，原本是王安父亲的诊所，至今仍保留着。

更重要的是人文优势。昆山传统文化有这样一个现象，许多值得夸耀的部分，原产地不在昆山，或原创者不是昆山人。例如，并蒂莲是元末从天竺（印度）引进的；为改良昆山腔作出贡献的魏良辅是流寓昆山的豫章（江西南昌）人；巨富沈万三，随父亲从浙江南浔迁移到周庄，他致富最有效的途径是出海通番；顾炎武先生自从 45 岁孤身离开家乡，再也没有回来，他的著作几乎都是在“行千里路，读万卷书”的北游过程中完成的。归有光一生中的大部分时间，生活在安亭（今属上海嘉定区）和长兴县，晚年则在河北顺德和南京当官。

然而，恰恰是在昆山这片沃土上，并蒂莲吐蕊展瓣，绵延 600 年；没有昆山腔的清丽悠远作基础，曲圣魏良辅纵有天大的本事也枉然；沈万三假如不在周庄躬耕起家，掘到第一桶金，何以远走南洋？顾炎武从 45 岁起北上，行千里路，读万卷书，与昆山的感情维系从来没有隔断过。值得一提的是顾阿瑛在阳澄湖湖畔的“玉山佳处”，“其所居池馆之盛，甲于东南，一时胜流，多从之游宴”。玉山雅集成为元代规模最大、历时最久、创作最多的诗文雅集。

被誉为“中国出洋看世界第一人”的王韬，第一个工作岗位是在母亲的老家锦溪镇设馆教书。后来才应英国传教士麦都斯的邀请，去上海墨海书馆参与编校译书，从此广泛接触西方的科学文化。由于王韬的影响，他母亲的几个后辈相继在 20 世纪初赴欧美留学，锦溪镇留学风潮由此发轫。朱氏四代“文、章、承、世”和陈氏六代“其、文、定、华、国、维”，衍成绵延一百多年的留学家风。

上海开埠以后，西方商人把娱乐方式也带到了上海。室内活动有看戏、舞会、溜冰等。开埠之初，他们为没有剧场看戏而苦恼。后来，外国剧团、马戏团、著名演员就时常应邀到上海租界演出。光绪五年十一月十一日（公元 1879 年 12 月 24 日），意大利歌唱家来沪演出，被称为“西戏来华以来之第一体面戏班”。

划船，是西方人喜爱的一项户外活动。每年夏秋之交，他们常常选择上海的空阔水面，举行划船比赛。同治三年（公元 1864 年），上海赛船会成立。赛船最初在黄浦江、苏州河里举行，后来因为上海航运业发达，河道拥塞，改在昆山青阳港举行。

青阳港，纵贯于吴淞江与娄江之间，江面宽阔，清澈如镜。当时，旅沪的外国商人，尤其是英国商人，每逢秋季，总是会在青阳港举行比赛。各方面条件优越的青阳港成为他们跑船最理想的水面，被称为恒利（Henli），可与英国著名的赛船之地相媲美。

《昆新两县续补合志》收有“驻沪领袖领事薛为青阳港赛船事复江苏苏松太兵备道蔡照会”：“……并非贯道，亦非该县阻拒。体面西商，前往举赛，在上海相近之河港，无须华人干预其间。惟所有阻拒者，仅该处一种居民而已。”外商不允许中国人干预他们的赛船活动，颇有“华人与狗不得入内”的强盗逻辑。

然而，因为洋人擅自霸占青阳港附近的土地，每逢赛事，总是封锁青阳港两端，不允许其他船只通行，同时又践踏粮田，给老百姓造成很多损失，遭到了当地群众的反对。“照会”援引了《天津中英条约》中的“洋商……可无须护照前往……游玩，在通商口岸百里以内”，作为答复。而昆山恰好在通商口岸上海百里以内。所以，从清末一直到民国初年，前后长达26年，洋人一直在青阳港赛船，且规模越来越大。赛船时，各国的商人居住在芦席棚或轮船、舢板上，还分别挂上各国的国旗。昆山县的官员则派遣水上警察给他们维持秩序。这样的情况，几乎延续到了“八一三”事变爆发。

西风东渐对于上海的影响，也潜移默化地蔓延到仅有几十千米外的昆山。李平书就是一个西风东渐的推动者。光绪二十八年他被两江总督张之洞委派为上海江南机器制造局提调，后领导上海地方自治、参与上海辛亥光复运动。涉足政界、商界、学界的李平书，既是一位实业界巨擘，又是一位热心公益的社会活动家。由于上海与昆山的地缘关系，李平书对昆山情有独钟，积极在昆山兴办公司、举办学堂、热心公益，为昆山近代化的起步做出了很大的贡献。晚年，李平书甚至举家迁至马鞍山脚下，直至逝世。还值得一说的是黄炎培。他于1917年在上海发起成立中华职业教育社，后来在昆山徐公桥开设乡村教育试验区，把职业教育推向了乡村。徐公桥至今仍保存民国建筑大年堂。大年堂见证了黄炎培先生实践职业教育理想、改造农村社会的历史。

耐人寻味的是，直到20世纪80年代，昆山的诸多优势并没有发挥作用。转捩点出现在改革开放后。风从南方来，积聚了很多年的优势，似乎一下子被激活了。

昆山之路的根，伸向历史深处。正因为有厚实的底蕴，有太多的梦想，昆山人才能抓住机会，敢为天下先。

从1985年起，昆山冲破层层阻力，自费设立开发区，引进大量的外资企业（包括台资企业），走上了经济发展的快速路。引进外资的过程，正是向西方发达国家学习先进文化的过程。20世纪80年代以来，昆山最大的变化，就是由比较单一的农耕文化，发展成了丰富多彩的多元文化。所谓“与国际接轨”“敢为天下先”，首先是文化上的兼收并蓄，相互融合，由此带来了思想观念的转变。昆山人为什么常常领先一步？主要是思想观念的转变比别人快，容易接受新事物。

许多来到昆山的人（包括高层领导），对城市建设的评价为很“海派”。确实，自从上海开埠，西风东渐，昆山就很自觉地与上海接轨。沪宁铁路通车后，来往更方便。即使是买衣服，昆山人为了追求时新，也习惯于去淮海路或徐家汇。当地老百姓熟识上海的书记、市长，却未必了解江苏的书记、省长。这不仅来自媒体作用，更缘于心理趋向。

改革开放初期，昆山提出了“东依上海，西托苏州，内联三线”的口号。它敞开门扉，大胆接纳了不少当年从上海迁出的三线企业。开始于 1964 年的三线建设，是一场以战备为指导思想的大规模国防、科技、工业和交通基本设施建设。上海是三线建设的重要参与者，至少有 150 多万人前往贵州、重庆、陕西等地。很多人贡献了青春年华，企盼落叶归根。昆山自然成了一座近水楼台。

随后，昆山又主动接受浦东开发开放的辐射，自费建设的昆山开发区迈出了坚实的一步。如今，全市外资企业超过了 5000 家，所吸引的台资企业已占全国九分之一。全世界的笔记本电脑，差不多有一半是在昆山制造的。

有趣的是昆山一度被称作“小上海”。当大量的台湾投资商不断涌入，带来了夹杂闽南文化、日韩文化、欧美文化的生活方式时，它又获得了“小台北”的称号。

早先依赖六根稻秆子过日子的昆山，成了移民城市，人口增长的幅度与城市扩张的速度令人惊讶。随着数千家外资企业的到来，街头出现了很多金发碧眼的欧美人和黄皮肤的日本人、韩国人、新加坡人，更有全国各地的打工仔、外来妹。许许多多的上海人，也以各种理由落户昆山。先是在三线企业干了半辈子的人们调入昆山，接着是大学毕业生来昆山的人才市场报名应征。如今，前来购买住房乃至投资房地产的上海人已比比皆是。

昆山既保持自己的优势和特色，又兼收并蓄。既大量接纳来自上海的技术、人才、项目资源，又心甘情愿地成为“上海的后花园”。讲得通俗些，是昆山人不排外，真心欢迎四面八方的朋友来作客、来作主。只要法律允许，做什么都不反对。

回想当初，是否做了“上海的殖民地”，一度也曾引起过激烈的争论。但邓小平的一句“发展是硬道理”，让一切都为之释然。昆山人明白，傍上了上海这条大船，才能经得起风浪颠簸，漂洋过海。合作双赢，让昆山和上海都成为发展的赢家。

一位资深历史学教授说：“上海的成功并非‘天数’，实固有其腹地经济宽阔雄厚和密如蛛网的河道即四通八达的‘地利’优势，方助其成就‘中心’之大业。”以上海为龙头的长江三角洲构成的众星拱月的格局，确是从明清时代就开始的。

时至今日，很多有识之士已敏感地认识到，中国（上海）自由贸易试验区的设立，势必会掀起新一轮以深化开放促改革、促创新、促发展的热潮，也将给周边地区，特别是经济先发地区带来机遇和挑战。

是的，上海自贸区是一个国家级的开放战略，而不仅仅是上海的区域开放战略，它关系到中国未来的开放和发展方向。近水楼台先得月。它必然会给昆山的开放型经济发展带来崭新的环境，带来不可多得的机遇，带来一系列深远的影响。

那天我去花桥镇。我们的汽车停靠在光明路旁，附近就是上海地铁 11 号线的一个站。一排临街的楼房，是村里用“富民合作”的方式建造的，分别出租给商家，为农民谋些福利。童装店、小超市、供水站等已陆续开张。一位朋友经营一家奇石阁。他让我们欣赏了灵璧石、风凌石、沙漠玫瑰、大化彩玉，真可谓姿态各异，色彩纷呈。上海几位书画家给他配了多幅作品，陡增艺术气息。二楼有他们的工作室，地铁通了，从上海市区过来确实很方便。

交通的便利，让这里发生了超越想象的变化。高楼大厦鳞次栉比。希尔顿、易买得、大众的 LOGO 令人瞩目。312 国道拓宽，几条高速公路横空飞架，更有地铁 11 号线西延。这不仅吸引了无数投资者，也促使很多上海人前来安家。很简单，在上海市区只够买一个客厅的钱，在这里可以买一整套公寓。

什么是城市，什么是乡村？什么是现代，什么是传统？似乎一切都在相互交错。

地铁 11 号线的延伸，实在是了不起的举措。往大处说，是促进以上海为龙头的长江三角洲整体联动，往小处说，它缩短了时空距离，让一方寻常的土地平添魅力。我想到的是另一个问题：所谓省界，是人为划定的行政区域界线，经济和文化的潮流却往往将它突破，让人与人之间的关系发生前所未有的改变……

11 号线终点站不远处，正是苏沪水上交通要道——吴淞江。

吴淞江，出太湖瓜泾口，由西向东，从苏州迤逦东进上海，流往黄浦江，经吴淞口入海。自古以来，吴淞江沿岸的经济和文化发展，也是由西向东推进的。

耐人寻味的是，上海的都市化进程却是在东端肇始，然后一路向西，延伸开去。

马克思说，西方国家对亚洲的侵略“要完成双重的使命：一个是破坏性的使命，即消灭旧的亚洲式的社会，另一个是建设性的使命，即在亚洲为西方式的社会奠定物质基础”。

任何事物都有其两面性。西方列强在把灾难带给中国人民的同时，也把资本主义文明带给了中国，将中国推入了近代化的进程。也就是说，“五口通商”既给上海带来了奴役与屈辱，也让上海从沉滞落后的农业经济中挣脱而出，汇入了国际化潮流。

20 世纪 80 年代以后，情况发生了根本性的变化。上海迅速走在改革开放的前列，主动融入国际大循环，抓住机遇，成了长江三角洲经济建设和社会发展的龙头。吴淞江两岸，由东向西，无不受到浦东开发开放的辐射，受到上海自由贸易区的辐射。

犹如交集融汇、通古达今的吴淞江江水，上海的发展史也透现着兼收并蓄、博采众长的寓意。

上海的一位资深学者，曾引用美国《时代周刊》对上海的一段评价：

> 上海作为一座城市，历史并不很长，但东西方交融的活力和乐观充斥在未来的每一个要素中。

他认为，上海的活力，无疑主要是来自上海的中国人。即使在外国人口最多的时候，也仅仅占了其全部人口的 3%。在上海近代史中，城市的繁荣，是占绝大多数的中国人通过努力奋斗得来的。

当然，擅长吸收西方文明的优点，也是上海人的活力所在。

作为一座移民城市，上海 85% 的人是从全国各地移民来的，其中最多的是江苏人和浙江人。从明清以后，江浙一直是中国经济和文化最有活力的一部分，开埠以后，越来越多的江浙人汇聚在上海。怎样应对涉及国际的问题？怎样缩小与西方国家的差距？怎样利用租界有关的规定，利用已经掌握的国际上的一些惯例跟西方人谈判？怎么样在谈判中学习西方的文化？许多经验，是以江浙人为主体的移民逐渐摸索出来的。上海文化的背后，其实有整个中华文明在推动。

我想，如果用吴淞江文化（长江文明的重要组成部分）来表述，或许更加准确，也更加具体。

当年的“郭士立”们目光锐利，不仅仅看到了上海的巨大利好，也看到了吴淞江沿岸城镇的无限优越性。这片总流域面积855平方千米的江南腹地，锦绣、富庶、悠远，是不可多得、无与伦比的，以前是，现在是，将来必然还是。

不少人关注吴淞江，知道它除了泄水、灌溉、供饮和调节气候，还有内河航运的功能。如果说，欧洲的莱茵河以巨大的内河航运能力著称于世，作为吴淞江支段的苏州河也完全可以被称为“东方的莱茵河”。它将上海与苏州之间这片江南腹地，勾连成了一个整体。

吴淞江上的运输船

在沪宁铁路开通前，水运无疑是太湖流域与上海间的主要运输方式。米、棉、丝、茶，大多经过苏州河运抵上海。19 世纪 60 年代，外国人驾驶的小火轮已从上海驶往苏州。为了进一步畅通苏州河航运，清政府曾经对主要干道进行疏浚，一时航运事业非常发达，所有内河客货运大多改用小火轮船。苏州河航运最繁盛的时期，航道中有百来艘米船前后相接，犹如长龙一般。

到了 20 世纪，随着现代工业的兴起，内河航运量激增。苏州河两岸，形成绵延 10 千米长的内河港口仓储区，涌现出戴生昌、老公茂、内河招商、大东（日商）等著名内河航运公司和好几处仓库群落。苏州河河道中大小船舶十分拥挤。一直到 1988 年，每天进入苏州河及其支流运藻浜的船还有大约 3500 艘，全年货运量达 3400 万吨。

然而，水上航运并不是苏州河的全部。

170 年间，苏州河凝聚了一种独特的生产、生活、文化方式。所谓上海人的“海派”不仅仅由高楼大厦、霓虹闪烁、灯红酒绿构成，还有诸多别的元素。

在遥远的过去，苏州河两岸，只错落有致地散布着农田、湿地、芦苇、浜斗。一路西行，唯见地僻人稀，鸡鸣狗吠的景象。开埠以后，外洋轮船不断从东面进入黄浦江，素朴的上海渐渐呈现出一番别样的风貌。黄浦江北岸，在从东向西的空间里，次第矗立起英国领事馆、礼查饭店、百老汇大厦、亚洲文会博物院、新天安堂、光陆大戏院、公济医院大楼、邮政局大楼、自来水厂、天后宫、河滨大楼、自来火房、圣约翰书院……这些满是欧式建筑风格的楼群，临河而建，与流经其间的古老的苏州河，形成了非常强烈的对比。

与此同时，从苏浙皖等地农村涌来了大量求生觅业者。他们成为产业需要的工人，居住在苏州河河畔。而“一·二八”和“八一三”两次淞沪抗战，加上几次天灾人祸所形成的难民潮，使许多流离失所的人们，别无选择，只能将苏州河两岸作为栖息地。

当时，工厂附近的荒地、废墟、坟场，到处是他们搭建窝棚的地方。他们因陋就简，用毛竹、芦席和茅草构成简易窝棚，因为窝棚低矮，人走进去的时候必须弯腰低头，所以称之为滚地龙。滚地龙没有窗户，挂个草帘当门，根本不能遮挡风雨。

“八一三”事件爆发，日本人的飞机在上海华界疯狂轰炸，大量的难民流向租界，以致租界里到处是露宿街头的难民，人满为患。租界在所有出入口架上铁丝网等障碍物，不许难民入内。难民们只得在苏州河沿岸以及租界周边搭起简易窝棚，形成了一个个棚户区。新中国成立后，政府在城市建设中不得不以巨大的财政支出，改造棚户区，使之成为各种各样的居民新村。

那是旧上海的伤痕印记，也显现了近代上海崛起的奥秘——人，终究是最大的生产力。在吴淞江的其他河段，这样的景象是看不到的，包括曾经雄踞江南城市之冠的苏州。

好吧，既然我们的关注点在吴淞江文化，还是从吴淞江的源头——苏州——说起。

“上有天堂，下有苏杭”“苏湖熟，天下足”。苏州历来是鱼米之乡，富庶之地，能解决全国不少人的衣食问题。到了明、清两代，苏州成为江南的经济和文化中心。上海虽然已经开始起步，但经济上仍然依附于苏州，两者是一种从属关系。

历史曾无数次地证明，文明衰败的根源，一般说来，主要不在于外部力量的打击，而在于内部机制的退化。但 19 世纪上半叶，当一种新的文明驾着西方的军舰，带着廉价商品和新的思想文化观念呼啸而来的时候，古老的华夏文明再也不可能同化它了。中国近代史于是成为一部错综复杂的历史。

道光二十年（公元 1840 年），鸦片战争爆发，西方殖民侵略者用大炮叩开了中国紧闭着的大门。随着五口通商，上海开埠，这个由小渔村起家的城市，在各种不同因素的作用下，经济发展出现了突飞猛进的景象，自然不再甘心隶属于苏州，而是大踏步地走上独立发展的道路。

江南经济的重心，开始逐渐东移了。

苏州人当然很不服气。自古以来，无论从哪个方面讲，苏州的很多优越性，都是上海难以望其项背的。早在周敬王六年（公元前 514 年），吴王阖闾命伍子胥“相土尝水，象天法地，筑造大城，周围四十七里，陆门八，以象天八风，水门八，以法地八聪”，苏州城由此建立，成为世界最古老的城市之一。而上海当时还只是一片水乡泽国。

秦始皇统一六国，实行郡县制的时候，苏州已是会稽郡的治所，是东南地区重要的城市。唐代，苏州是江南地区唯一的“雄州”，其繁荣程度仅次于长安。元代，这里是江淮行省，置平江路，领辖六县（包括嘉定地区）。而上海的雏形——吴郡华亭县的一个叫华亭海的村子，才刚刚出现。到了明清时期，上海尚是一个萧条的港口，苏州却已经是“风物雄丽为东南冠”了。

阳澄湖附近的草鞋山、绰墩出土的原始水稻田遗址表明，早在 6000 年前的崧泽文化时期，这里就是人类最早种植水稻的地方。先人们饭稻羹鱼，创造了灿烂的史前文明。经过长期的发展，到明清时代，苏州已成为全国农业最发达的地区。

韩愈谓赋出天下，而江南居十九。以今观之，浙东西又居

> 江南十九，而苏、松、常、嘉、湖五郡又居两浙十九也。考洪武中天下夏税秋粮以石计者，总二千九百四十三万余，而浙江布政司二百七十五万二千余，苏州府二百八十万九千余，松江府一百二十万九千余，常州府五十五万二千余。是此一藩三府之地，其民租比天下为重，其粮额比天下为多。今国家都燕，岁漕江南米四百余万石以实京师。而此五郡者，几居江西、湖广、南直隶之半。自宣德、正统以来，每择任有心计重臣巡抚其地，以司其岁入，盖以此地朝廷国计所资故也。窃以苏州一府计之，以准其余：苏州一府七县，其垦田九万六千五百六顷，而居天下八百四十九万六千余顷田数之中，而出二百八十万九千石税粮于天下二千九百四十万石岁额之内，其科征之重、民力之竭，可知也已！谚有之曰："苏松足，天下足"，伏愿明主一视同仁，念此五郡财赋所出，国计所赖，凡百科率，悉从宽省……

这是丘濬《大学衍义补》中的一段话，顾炎武《日知录》"苏松二府田赋之重"条加以引用阐述，广为人知。他讲的是要减轻苏松地区的赋税，重点在苏州府，也从另一方面显示了苏州在全国的经济地位。尤其是高度发达的农业，为苏州的经济发展奠定了的基础。

元代，苏州与江宁、杭州并列为全国三大丝织中心。明代，这里已经出现了中国资本主义的萌芽。到了清乾隆初年，苏州织造局拥有织机近660架，机匠近2000人，具有一定规模。松江，也就是今天的上海，在元代诞生了为中国纺织业作出巨大贡献的黄道婆，当地纺织技术也十分先进，产量也较大。但松江纺织业的规模与苏州的"东北半城，万户机声"相比还是有一定差距。

苏州的商业，比手工业还要发达。明清以来，随着城市建设的发展，石路、观前一带市肆鳞次栉比，万商云集，成为江南的中心市场，仅外地客商在苏州建立的会馆就有 30 多处。城市经济对江南以及粤、闽、皖、鄂、湘、赣、鲁、陕乃至东北地区，都有一定的吸引力。刚刚起步的上海，则缺乏商业经济的积累。

曹雪芹在《红楼梦》中说："当日地陷东南，这东南一隅有处曰姑苏，有城曰阊门者，最是红尘中一二等富贵风流之地。"在苏州这个温柔富贵之乡，足可满足人的各种欲望享受。别的不说，光是私家园林，苏州就可以报出沧浪亭、拙政园、网师园、留园、怡园、耦园等一长串名字。

文化对经济的影响，无疑是不可低估的。古老的苏州，孕育了博大精深的吴文化，崇文重教的传统，使这里涌现出多种多样的人才。清康熙年间，苏州籍的翰林汪琬与同僚议论土特产。他说，苏州的土特产，只有两样而已。一样是梨园子弟，一样是状元。事实上，从唐代开始出"状元"算起，苏州足足诞生了 60 个状元。这个数字，几乎占了全国状元总数的十三分之一！

上海的文化发展时期太短，自然相形见绌。

我们从《风月梦》《海上花列传》《海上花魅影》等小说可以发现，即使到了清末，上海人的时髦生活，大致只是去一品香（番菜馆）吃大餐，去升平楼喝茶，去丹桂园听戏，去天乐窝听评弹，去四马路跑马等等。这一切，都不过是苏州观前街和石路街的翻版。

封建社会，自给自足的自然经济与封闭的国家形态，是其特征。虽然历朝历代都进行一些对外贸易，但数量有限，在全国经济所占的份额很少。明清两代曾多次实行海禁，更严重阻碍了外贸的发展。上海地处长江入海口，区位优势得天独厚，可是在闭塞的封建社会，其优势无法真正体现。苏州却因为有京杭大运河，发达的漕盐运输，将丰富的农产品输送出去，又带回四面八方的商品，位于长江边的浏河港（曾是郑和下西洋起锚之地）也有大量的物资中转。

在漫长的岁月中，苏州凭借坚实的农业基础，发达的手工业与商业，繁盛的文化，以及内河运输的优势，不断稳步发展。所以，到明清时代，它牢牢占据了全国尤其是长江三角洲经济中心的位置。

这显然是由时代的局限和历史的诸多因素决定的。

然而，每个城市的发展都会有独特的与众不同的轨迹。随着时代的变迁，抓住千载难逢的机遇，上海很快就在苏州河河畔崛起，展示骄人的风姿。

上海自从 1840 年开埠以来，以得天独厚的地域优势，参与国际大循环，进行经济交流，接纳先进的科学技术和西方文化，形成了一股崭新的生产力。《马关条约》签订以后，进入上海的外商在

霓虹下的黄浦江

苏州河两岸大规模投资，开设工厂，因为这里交通便捷，更容易获取原料、能源、信息和劳动力。民族资本也不甘落后，纷纷开设企业。与其他通商口岸相比，上海的条件显得尤为优越。特别是进入20世纪以后，上海的外资企业急剧增长，民族资本主义企业也有了一定的发展。

到19世纪70年代，上海已逐渐发展成为全国金融中心。90年代以后，上海金融业更有了迅速发展，对于清政府中央及地方财政的影响也日益广泛。甲午战争以后，由于巨额赔款，累累国债，清政府的财政危机日益显现，洋务企业资金难以周转。在这种状态下，由于新式银行巨额利润的刺激，促成了中国新式银行的诞生。光绪二十三年四月二十六日（公元1897年5月27日），近代中国第一家银行——中国通商银行——在上海创办。在此后的十余年间，全国共开办17家华资银行，其中10家在上海开设总行或分行。

民国时期，上海已确信无疑地成为全国最大的金融中心、远东国际金融中心之一。这里已拥有庞大的金融体系和辐射到四面八方的金融网络，聚集了大量的社会货币资本。

上海完全取代了苏州的经济中心的地位，成为全国举足轻重的大都市，尽管，它的经济带有浓重的殖民色彩。

这一切，让苏州人始料未及。

即使是清嘉庆、道光年间，上海的城市地位仍然在苏州之后。仅仅人口一项，就有很大差距。当时苏州人口有50万之多，而上海尚不到27万。国内各省与江浙一带的商品交换，仍然以苏州为中心进行。经过海路运抵上海港的南北货物，也多以苏州为销售地。与商品交换相联的，是上海的城市文化深受苏州影响，“慕苏扬之余风，目前斐然可观”，衣食住行也日趋奢华。苏州的昆曲雅乐十分兴盛，与状元一起，被称为“土特产”，上海人便往苏州购求戏班、戏子。苏州人流行的服饰，上海人常常觉得“雅俏”，千方百计地模仿。

然而，19世纪60年代后，局面发生了根本性变化。原先由苏州集散的大宗贸易纷纷改趋上海。长江流域一些省份的粮食，大多顺江东下，在上海集散，而不再由苏州中转。即使是苏州的强项——丝货交易，随着上海港内外贸易规模的迅速扩大，也逐渐被上海取代。从人口看，民国初年，上海的城市人口约为200万，而苏州城厢内外，仅有17万人。

站在历史的制高点上，用辩证唯物主义的目光观察，我们不能不清楚地看到，素有“人间天堂”之称的苏州，在资本主义近代工业的发展中，无可奈何地落伍了，从全国屈指可数的手工业都市，渐渐降格为一个消费游览城市。

帝国主义国家的经济侵略，既带来了冲击，也带来了机遇。上海抓住了机遇，苏州却没有能抓住。这是苏州落伍的重要原因。农业一直是苏州的经济基础，受到统治阶级的重视。到了五口通商之后，在工商业地位渐次提升之际，偏重农业，保守持稳的文化传统，便严重阻碍了近代苏州经济的发展。苏州的资本主义工商业难以跟上上海的步伐，在天时、地利、人和诸方面，都存在深层次的原因。即便从性格这个角度看，在温山软水中安逸惯了的苏州人，聪慧、灵秀、实惠、囿于现状，往往不肯改变自己，也不愿别人闯进门来，一下踩痛了自己的脚板。上海人可就“海派”多了。

无疑，上海有很多成功的方面值得苏州借鉴。

新中国成立后，经过六十多年的建设，上海完全确立了它在长江三角洲乃至全中国经济中心的地位。苏州作为一个重要的江南城市，经济实力和在全中国、全世界的影响力已难与上海相比。

改革开放以后，特别是浦东开发开放、上海自由贸易区的创立，使上海的经济实力进一步增强。谁都不能不承认，长江三角洲经济建设的龙头非上海莫属。

苏州，作为紧邻上海的城市，总结历史经验教训，审时度势，主动接受上海的辐射。位于苏州东部的新加坡工业园区，位于西部的高新技术开发区，已经成为城市腾飞的两翼。这些年来苏州引进了大量欧美和日韩、中国港台企业，其中有不少名列世界五百强。从投资规模到科技含量，都很令人瞩目。加上所属县级市昆山、常熟、张家港、太仓在全国百强县市综合实力评比中的领先水平，苏州经由自身的努力，进入经济快速发展期，重新确立了自己重要经济城市的地位。

毕竟，苏州有很多传统优势，今天也正在创造新的优势，有信心和能力与上海相呼应，在许多方面弥补上海之不足。

一个不可忽视的事实是：明清以来上海与苏州都并非江南的政治中心，却由于有一条源远流长的吴淞江相连，人缘相亲、地缘相近、文缘相通，共同的自然环境和社会文化环境，促使沪苏两地的人们有着太多的联系，并且对于周边地区产生巨大的凝聚力和影响力。今天，这片富饶而秀丽的土地更是成为太湖流域最重要的经济带，所创造的 GDP 数字，谁也无法忽视。越来越多的人从全国各地、世界各地迁徙于此，创造新的生活，安居乐业。

从开埠到开放，一字之差，却有霄壤之别。

从被动落后到主动领先，从遭受屈辱到确立尊严，从闭关锁国到融入国际大循环，从五方杂处到吸引全球人才，从模仿制造到万众创新，170 多年间，上海经历了凤凰涅槃，呈现一个又一个奇迹，经济建设和社会事业飞速发展，已确信无疑地站在了世界之林的前列。

今天的上海，正在苏州河、黄浦江畔努力建设有国际影响力的科技创新中心、国际金融中心、国际航运中心，跻身全球重要的创新城市行列。参与国际分工合作和竞争，愈加成为上海的特点。上海正发挥开放的优势，融入新的基因、新的要素、新的创造力，肩负起一个国际大都市的世界责任，大踏步前行。

海纳百川，恰恰是上海的城市精神。

以上海为龙头，吴淞江沿岸犹如一条生机勃勃的蛟龙，已在新的梦想和荣光中起舞……

沉浸其间

（代后记）

世界上许多珍贵的事物，人们往往是熟视无睹的。

我居住的金谷园北靠震川路，南临娄江。闲暇时，站在临江的阳台上凝神眺望，不远处是沪宁铁路。再往南，则是京沪高铁，不时会有银白色的动车像长绸带似地滑过。在铁道与公路桥下穿越的小瀼河，为几幢高楼夹峙，显得有些落寞。但每天总有一艘又一艘满载着货物的轮驳，在河里驶过，陪衬着快节奏的现代生活。

小瀼河的南端，通往吴淞江。

这些年，曾无数次走过江边，跨过江面，或者行驶江上，却很少想过要为吴淞江写点什么，直到今年清明节，开车去往五保湖畔的息安公墓，祭谒长眠于此的父母，途经吴淞江大桥时，心里訇然受到触动。

吴淞江，是我生于斯、长于斯的家园。这一辈子的生活半径，西到苏州，东至上海，大部分时间在昆山，几乎没有脱离过吴淞江。命运注定了我必须将全部的情感浸淫于此，倾注于此。

几乎没有犹豫，我在电脑屏幕上敲出了5个大字：放棹吴淞江。这原本是一篇千字散文的标题，移作书名，很能表达心意。各个章节，顺畅地铺排开来。

回想起来，业余从事文学写作已有40余年，出书60余种。兴趣所致，也从来不敢倦怠，却因先天不足，加上我们这一代人共同遭遇的文化荒漠化、伪劣化、功利化，能经得起岁月淘漉的成果寥寥无几。于个人性情看，也不预想振聋发聩之作，只是勉力抒写内心。所以，偶作小说而多为散文。记得 1981 年夏天第一次获奖，应邀去北京。在香山碧云寺罗汉堂，同伴们戏谑，以年龄为数序，依次点中罗汉，作为自己的偶像。我点中的是“坚持”。没想到，从此竟坚持无懈。

在谈及《心同山河——顾炎武传》创作体会时，我曾说过，写作大致可以分成三个层次。第一个层次，是倾泄情感。心里有话要说，有情感要宣泄，就可以变成文章；第二个层次，是凭借技巧。驾驭文字与篇章的能力熟练了，只要找到合适的材料，便能敷衍成文；第三个层次，是呕心沥血。忘我，忘情，忘乎所以，全身心地投入写作，让自己的血肉与主人公相熔铸，连作品是怎么出来的都讲不清。显然，要进入第三个层次，是说时容易做时难。尤其是在快节奏写作、碎片化阅读的电脑时代，坐得下冷板凳，耐得住寂寞，已几近奢侈。

文章千古事，得失寸心知。前人的诗句，写得何其好啊！

从去年夏天起，我摆脱了繁杂的事务，每周只出去参加一两次公益活动或朋友聚晤，终于品尝到了宁静似水的好处。没有虚话连篇、喋喋不休的会议，没有迎来送往、杯觥交错的应酬，没有胡天海地、光怪陆离的八卦，自然也没有抵消正能量的摩擦，那么就用文字与情感构筑一条清澈河流，沉浸其间吧。

心无旁骛的结果，是不受任何功利心的役使，时间得到有效利用，便有了这册《放棹吴淞江——从东太湖到黄浦江》。书有何价值，时间会鉴定。在我，至少是做了一件应该做的事。

陈　益

2015 年 5 月　初稿

2015 年 7 月　定稿

图书在版编目(CIP)数据

放棹吴淞江:从东太湖到黄浦江 / 陈益著. —上海:上海人民出版社,2017

ISBN 978-7-208-14355-5

Ⅰ. ①放… Ⅱ. ①陈… Ⅲ. ①随笔-作品集-中国-当代 Ⅳ. ①I267.1

中国版本图书馆 CIP 数据核字(2017)第 034323 号

责任编辑 黄玉婷 范 晶
封面设计 范昊如 夏 雪

放棹吴淞江
——从东太湖到黄浦江
陈 益 著
世 纪 出 版 集 团
上海人民出版社出版
(200001 上海福建中路 193 号 www.ewen.co)
世纪出版集团发行中心发行 上海商务联西印刷有限公司印刷
开本 890×1240 1/32 印张 7 插页 2 字数 161,000
2017 年 4 月第 1 版 2017 年 4 月第 1 次印刷
ISBN 978-7-208-14355-5/I·1611
定价 35.00 元